Sunagoya Shobo

愛敬浩一詩集

Aikyō Kōichi

17

【砂子屋書房版】
現代詩人文庫

『赤城のすそ野で、相沢忠洋はそれを発見する』
（書き下ろし詩集・二〇一九年）完本

詩の試み

作品論・詩人論

愛敬浩一詩集

『赤城のすそ野で、相沢忠洋はそれを発見する』（書き下ろし詩集・二〇一九年）完本次々に積み重なってきた過誤や謬見の数々をきっぱりと払い捨てること。自分の駆使しうる手段を知ること。

(ロベール・ブレッソン『シネマトグラフ覚書』)

われわれのような人間で基本的に厄介な点は、みんな何か失うものを持っていると思いこんでることだ、と私は自分にいいきかせた。

(ジョージ・オーウェル『空気を求めて』)

ぼくの舌に気がかりの亀裂が走る、
語ることでこの気がかりを封じ込めなければ。
自分の心のなか、心にあるものだけを探究するのだ!

(ピエル・パオロ・パゾリーニ「現実」)

0

ちょっとした必要があって、相沢忠洋『「岩宿」の発見』(講談社文庫・二〇〇〇年六月三十二刷)を読み返した。(最初に読んだ、単行本は既に手元にない。いや、どこかに紛れ込んでいるのか。)内容は、自分でもびっくりするくらい、ほとんど何も憶えていなかった。——と、季刊の詩誌『詩的現代』第27号(二〇一八年十一月)の「編集後記」を書き始め、とりあえず書き終わったのに、突然、〈発熱装置〉にスイッチが入ってしまった。

松田聖子なら、ビビッと来たとでも言うのか。
ビビッと来ました、何だか分からないけれど。
ビビッ。
もしくは、パチン。
パチン!

パチンとした音が、私の頭のどこかから聞こえた。
架空の彼方で、
ビビッ！
まるでイナビカリが光ったように感じ。
石田ゆり子がそれを見て、
「まあ、綺麗」と、自宅でワイングラスを傾けた感じだな。
パチン。
わくわくする。
わくわく。
わくわく。
始まりだ。
始まりだ。
始まりだ。

くりかえしは、詩の技法だよ。


そうだ、村嶋正浩さんに『発熱装置』（ワニ・プロダクション・一九九六年六月）という詩集があった。村嶋さん（当時は、「村島」と表記）は言う。〈発熱装置〉とは、要するに〈言葉〉だとし、「世界は言葉がすべてであり、言葉とともにある」と規定する。詩集の帯文には、「言葉が語られているだけであって、何らかの意味ある世界や、世界の意味を語っているわけではない」（作者の言葉）と高らかに宣言されてもいる。

まあ、村嶋さんは、自分は〈詩〉を書いているだけだと言い切っているだけなのだろう。いやいや、〈言葉〉の表面だけを消費してみせるぞ、ということであろうか。

消費だ。

消費だ。

消費だよ。

パタパタと、
風もないのに、

言葉がパタパタと揺れ出し、
エンジンのような音を立てて、
あの、昔のヒコーキである複葉機のようになって、
あの、ライト兄弟が開発したライトフライヤー号みたいにゆらゆらと、
ふわり、
架空の彼方へ、
私を連れ去ろうとしている。

1

相沢忠洋は凄い。
相沢忠洋は凄い。
相沢忠洋は凄い。
相沢忠洋は凄い。
相沢忠洋は凄い。
相沢忠洋のどこが「凄い」のか、よく分からないまま、
高校一年生（昭和四〇年代）の私は、
「凄い」という言葉と、
子どもの頃（昭和三〇年代）に見た納豆売りのイメージが重なり合って、
納豆と言えば、相沢忠洋を思い出し、
相沢忠洋と言えば、納豆を思い浮かべ、
日々、納豆を食べただけで、
考えてみれば、「相沢忠洋は凄い」という言葉だけを食べ続けて来たわけだ。

納豆のねばねば。
ねばねばの納豆。
その昔、
「辛子多めに」とか、納豆売りのおじさんに言ったものだ。
昭和三〇年代の風景の中で、
自転車を止め、
駆け寄る私を待つ、納豆売りのおじさん。

群馬県、
吾妻郡（当時の）、
群馬原町の風景の中で、
まだ、小学生の私が納豆を買う。
「相沢忠洋は凄い」と、私に（いや、授業中、クラス全員に）言ったのは、
高校一年時の担任の先生で、
あの、喜劇俳優の関敬六によく似ていて、
敬六先生とか呼びたいところだが、
確か、「伊藤」という名ではなかったか。（先生、ごめん）
生物の先生であり、
（授業とは全然関係のない）湖沼学関係のプリントを大量に配っていた、
（でも、そこが面白かった）
その先生が「相沢忠洋は凄い」という言葉を繰り返し、繰り返し、繰り返し、相沢忠洋という人は凄いということを語ったので、

その言葉だけが、今でも頭にこびりついてしまっている。
まるで、納豆のように、
粘って、
絡まって、
架空の彼方で、
かき混ぜられた。
家族のみんなが、黙って、口をすぼめて、納豆をかき混ぜる、
昭和三〇年代の、朝の風景と、
昭和四〇年代の、高等学校での授業中の情景とが、かき混ぜられている。
担任の、その先生には、ずいぶん可愛いがっていただいたものの、なぜ相沢忠洋という人が「凄い」のかが、
私にはよく分からないままだったのだ。
子どもの頃（昭和三〇年代）には、まだ納豆売りがいたので、相沢忠洋という人は、ああいうように行商をしながら、土器や石器を見つけ歩いたのかというイメ

ージだけが残った。

「凄い」だけが、一人で歩いているよ。

2

相沢忠洋は私だ、と言いたい誘惑に抗し難い。

相沢忠洋は私だ。

相沢忠洋の劣等感は、私のものだと言いたい。

相沢忠洋は『「岩宿」の発見』で書く。

「私には、学問だの研究だのということは、あまりにも縁遠いことだった。」

「自分自身の過去を考えてみても、それを口にすることのできない身分という事実が、心をおおってくるのだった。」

「その身分というものをわきまえずに学問だの研究などできるものではない。」

そうだ、詩人としてニセモノである私が、どうして詩など書いていいものか。

村嶋正浩さんは、「詩は誰にでも書ける。読み書きできるすべての人々に開かれた表現行為である。」とし、「誰にでも特別な才能がなくても書けることが最大の特質」と規定するのだが——。

むしろ私は、
自分がニセモノであるという自覚によって、ようやく書くことができるような気がする。

私はニセモノだ。

私はニセモノだ。

私はニセモノだ。

そこで、
やっと、私は呼吸するように、
第一行目を書き始めることができる。

相沢忠洋は私だ。

相沢忠洋は私だ。

相沢忠洋は私だ。

相沢忠洋は私だ。

相沢忠洋は私か。

3

高校一年生、いや、二年生になっていたのか、まあ、
その当時、たまたま講演会で相沢忠洋ご本人を間近に
見る機会もあったのに、話もよく分からなかったし、
特別な印象も受けなかった。今更ながら、私という人
間の〝ぼんくらさ〟加減が嘆かわしい。
当時の、吾妻郡吾妻町原町で、
カクさんが田んぼ道を歩くのを見ていた私が、
（できれば、ここで、私の詩集『それは阿Qだと石毛
拓郎が言う』の何篇かを朗読でもしておきたいところ
だが、）
火事で焼けた小学校を後に、
（間にあった体育館のおかげで、焼けなかった）
隣の中学校へ移動し、
するりと卒業し、高校生となり、
吾妻川沿いの、
吾妻線で、
三十五分かかって、
日曜日、
渋川まで行き、
群馬県立渋川高等学校（男子校）の生徒の私が、
いつもの学生服のままで、
いつもの通学路を通って、
渋川市の何かの会館のような建物（正式名称が思い出
せない）の、
暗い、会議室のような所に、
「凄い」を見に出かけたのだが……。
（何が「凄い」のか）
（どうして「凄い」のか）
何も分かっていない私が、相沢忠洋氏の講演を聞く。
「凄い」が話す。

「凄い」が動く。

「凄い」が生きている。


何も分かっていない私が座っている。

何も分かっていない私が歩く。

何も分かっていない私が石を拾う。

何も分かっていない私が土器を掘り出す。

（中学生の頃、数人の友達と、知らない人の畑から土器を掘り出し、学校の先生に叱られ、謝りに行った過去がある。）

何も分かっていない私が昆虫採集をする。

何も分かっていない私が初恋をする。

何も分かっていないのに喋り、
何も分かっていないのに書く。


ニセモノだ。

ニセモノだ。

本当にニセモノだ。


やっぱり、私はニセモノだったな。

4

相沢忠洋は『「岩宿」の発見』で、書く。

「私が、赤城山のふもとに散在する村々をおとずれたのは、昭和二十一年、戦争が終わって五ヵ月余りがすぎた春まだ浅いころであった。」

相沢忠洋は歩く、自転車を押して。

相沢忠洋は歩く、自転車を押して。

相沢忠洋は歩く、自転車を押して。

相沢忠洋は歩く、自転車を押して。

相沢忠洋は歩く、自転車を押して。

相沢忠洋は、さらに書く。

「食糧を求めておとずれた村落に、買い出しや行商で通うようになり、それによってなにがしかの利益を得てその日その日をすごすようになった。単調なくりかえしではあったが、自然のなかの人間生活のよさをしみじみと味わい知ることで、私は満ち足りた気持ちであった。」
赤土とよばれる関東ローム地帯に砂塵をまきあげながら、
吹きすさぶ、
からっ風。

相沢忠洋は、また書く。

「村から村とまわるうちに、各地で食糧増産や松根油採取のために掘りおこされた跡がそのままになっていて、そこに石器や土器をはじめ、いろいろな祖先の残した遺物が散らばっているのによく出会った。」

見るべきものは見ている。

誰もが目を向けるのに、見ていないもの。

いや、私が言いたいのは、「石器や土器」のことではない。

露わになっているのは「戦後」で、
その「戦後」が、「石器や土器」を、透明な手で、そっと包んでみせたのではないか。

相沢忠洋が歩いているのは「戦後」だ。

5

赤城おろしよ
くたびれた自転車を押しながら「私」が歩いていることの場所は
冬枯れた
赤城のすそ野などではない
露わになった「戦後」だよ
「戦後」の意味だよ
赤城のすそ野を
誰もが見ることもなく
「生活」に閉じこもっていた時
赤城おろしに吹かれ

昭和四十三年十二月に、相沢忠洋は『「岩宿」の発見』の「あとがき」を書く。
たぶん、その頃の話が『「岩宿」の発見』の冒頭部にある。
以下、『「岩宿」の発見』から、私が再話を試みようか。

むかしむかし、相沢忠洋さんは、赤城の、すそ野の村々を商いにまわっていたんだそうだ。納豆をかごに入れて、自転車で行ったんだと。赤城おろしに叩きつけられながら、行ったんだと。祭日など、〝もの日〟前後はなかなか売れなくて、冬から春先もあんまり売れないんだけども、相沢さんはな、そのころが、一番好きだったんだとさ。なぜって、枯野で、赤城がよく見えるんだ。こう、ぐわっと、迫るように、大きく見えて、どこに谷があり、どこに畑があるだとか、よく分かる。地形が分かる。写真もよく撮ったもんだそうだ。あっちへ行き、こっちへ行き、家もないところをぐるぐるめぐり歩くんだが、生活も苦しい、納豆もまだだいぶ

「戦後」の意味を踏みしめる
贅沢よ
喜びよ
幾らでも吹け、赤城おろしよ
そんな「私」をドン・キホーテとでも呼ぶのか
この自転車がロシナンテだとでも言うのか
赤城おろしよ
もっと、吹いてみせろ
「私」が見つけたのは
決して、土器や石器などではない

6

相沢忠洋は「戦後」を歩く。
相沢忠洋は「戦後」を歩く。
相沢忠洋は「戦後」を歩く。
瞬く間に、相沢忠洋の頭上を二十年以上が過ぎる。

売れ残ってるんだが、あっと言う間に日が落ちる。寒さが身にしみる。農家は休むのも早い。とっぷり暮れたころ、ある、おなじみさんの家に着いたんだと。「こんばんは、納豆屋ですが……」と戸を開けると、囲炉裏の火があかあかと燃えていて、まるで、我が家にでも戻った感じだったんだとさ。


「こんばんは、納豆屋です」（以下、原文のままで――）

「納豆屋があるもんか、こんなにおそく。穴ばかり掘っているから、寝る時分になって商いをしなければ、ならねえんだんべ。穴っぽりだって、寒かんべえ。こっちへふんごんであたんねえかい！」

とあいかわらず口の悪いお爺さんの声がした。

「こっちへきねえかい」

腰をあげてお爺さんは座をあけてくれた。長靴をぬぎ、冷えきった足先を火にくっつけるように近づけた。靴下からゆげがたちのぼる。ぬくもりがしびれるように足先から伝わってきた。

「考古学の先生も、お爺さんにあってはだいなしね」

奥のこたつのある部屋から声がした。家族の笑い声が聞こえてくる。

（ここまで、原文からの引用。）

間違いなく、我が故郷だ。
荒っぽい土地柄だが、よく分かる。
もう、有名になっている相沢忠洋さん。
まだ、納豆屋であり続けている相沢忠洋さん。
囲炉裏の火が、
あかあかと燃えている。
靴下からゆげがたちのぼる。
ぬくもりがしびれるように、
足先から伝わってきた。

7

以下、秦正雄・井尻正二『日本列島 第二版』（岩波新書・一九六六年三月）からの引用。

「一九四六年（昭和二一年）一〇月末のある日、群馬県の鹿川竹沢村道を歩いていた行商姿の一青年が、関東地方の地表をひろくおおっている赤土層の土くずれから、黒曜石の石片を二つひろいあげて、しげしげとながめていた。この青年（相沢忠洋氏、当時二〇歳）は、小間物や納豆の行商で生計をたてながら、赤城山麓地方で、日本の文化のあけぼのの時代、わけても縄文文化初期の遺跡の分布をしらべていたのである。」

そうか、相沢忠洋はもともと、敗戦直後、「食料を求めておとずれた村落に、買い出しや行商」で通うようになったのである。最初は、〝納豆売り〟ではなかった。

8

そうだ、考えてみると、岡田刀水士にも、山村へ買い出しに行くことをモチーフにした詩があった。もっとも、萩原朔太郎の弟子でもあった詩人・岡田刀水士のことなんて、もう誰も知らないのかもしれないな。ましてや、私が岡田刀水士の研究家であることなど――。

（以下、岡田刀水士の詩「冷雨」を引用する。）

多くのトンネルを抜けると
未知の山沢の窪地……
私はそこで米を買ひ　苦しい一夜を泊まった。

家人の　早口の訛りが
一層　胸の不安を掻きたてる。
箕を作る荒い手つき
その陰影が　黒豹のやうに壁に躍りかゝる。
夜更けて　激しい雨が襲った。
その音は山襞を走り　家の木々を絞る。
私はリユックをひきよせて
夢現に遠い家族を思つた。

膳にならぶ血族の容貌(かお)を。
その手にささえる食器の冷めたさを。

主　たぶん、これが岡田刀水士の詩としては、一番に流布されているものだ。少なくとも、群馬において、分量だけで比べるなら、間違いなくそうだ。なんとなれば、『高校生のための群馬の文学』などという副読本があるからね。

客　まあ、そういうのが困るんだよね。分かる、分かるよ。教室で読むと、なんで、あんなにも、つまらないものになるのか！　それじゃ、岡田刀水士の「凄さ」が分からないだろうからね。

主　いや、悪い作品じゃないよ。これもこれで、岡田刀水士の詩らしいところもないではない。ただ、代表作のように思われちゃあ、ちょっとね。それに、高崎から山里へ向かうにしちゃ、ちょっと大袈裟だし、どうもリアリズムとは思えない。

客　そう言えば、君は、この詩について何か書いていたね。

主　うん、昔、『「冷雨」鑑賞』（『上毛国語』62号・一九九七年三月）という文章にまとめたことがある。

客　そうだ、思い出したよ。なんとも煮え切らない、つまらぬ研究論文の見本だったじゃないか。こう、ずばっと言っていない。

主　……そうね、説明しようと思うと、自己矛盾に堕ち入りそうだったんだよ。国語の教員だからって、詩について、何ほども知りゃしないんだから。

客　おやおや、そんなことを言っていいの？　君だって、高校の、国語の「先生」じゃないか。

主　だって、お前さんが「ずばっと」とか、責めるからさ。

客　それにしても、この詩の「黒豹のやうに」という直喩は、印象深いね。

主　そうそう、そうなんだ。作品全体が、岡田刀水士の詩としては、珍しくリアリズムであるように見えるがゆえに、直喩がくっきりと印象に残る。だから、それが、「生活の重み」とか、「当時の暗い世相」とかにむすびつけられ、安易に鑑賞されることになる。で、岡田刀水士の詩を系統的に読んだことのない人の目には、現実が先験的にあって、その上で作者が「生活の重み」とか、「当時の暗い世相」とかを直喩により、象徴的表現にまで高めていると映るわけだ。逆だよ。いつの時代の詩を読んでんだよ。そんな、のんきなことじゃないよ。先に言葉があって、ここでは、たまたま、「生活の重み」や「当時の暗い世相」に、軽く触れた程度じゃないか。それを、おおげさに、「象徴的表現」とか言い出すから、笑えるんだよ。

客　まあまあ、そんなに吠えなくとも。君の尊敬する伊藤信吉だって、この詩について「象徴的表現」という評語を使っていたような気がするぜ。

主　伊藤信吉はいいんだよ。そもそも、系統的に岡田刀水士を読んだ上で、そういう文脈の中で言ってるんだからさ。さらに、伊藤信吉さんの文章は、短い、啓蒙的な解説だよ。詩「冷雨」では、岡田刀水士は珍しく現実的な題材を扱っているという指摘をしただけだよ。

客　うん。

主　ところが、伊藤信吉さんの使った「象徴的表現」という用語が、まるで「伝言ゲーム」のように、一人歩きしてるんじゃないのかという話さ。伊藤信吉の解説を読んだ『高校生のための群馬の文学』の、当該部分の執筆担当者が丸投げし、さらに『群馬県・昭和の文学』(みやま文庫)を書いた根岸謙之助がそれを下敷きにして文章を書く。その過程で、意味が少しずつズレ、最終的には、伊藤信吉の感想とは全く正反対のものになったと、穏やかに私は論じた。もとより、根岸謙之助氏に含みはない。りっぱな研究者であることも知っているつもりだ。ただ、岡田刀水士については、俺の方が専門家だよ。

客　君は、『「冷雨」の鑑賞』の中で、いかにも岡田刀水士らしい作品として、人があまり知らないような詩を例として掲げていたね。

主　ちょっと、ここでも引用しておこうか。「次第に拡がるひそかな過失が／隠しきれず却つて責められるなら／もはや私の人間を壊わし／蠟となり耳も目も口を（「も」か——引用者）失われたい。」とか、「生活にかかわる条件まであいまいに／紙屑のようにもみくしやにされる／勤務につきまとう上司への／私の巧みな媚の不快さ／皆　家族への責任にかかわるもの。」とか、「永い持続睡眠のような目覚めから／偶然に生まれ変れたなら／低い知能をこの植物質に包んで／生涯　無口で生きていたい。」とか、彼の詩「植物質」（『群馬年刊詩集一九五八年』）から、いくらでも引用したくなる。

客　君が言うように、岡田刀水士は確かにラディカルだな。

主　これが、岡田刀水士さ。こういう作品が、岡田刀水士の、晩年の二詩集『幻影哀歌』と『灰白の螢』への入口だよ。その意味で、詩「冷雨」においても、米を買い出しに行った「私」の、村人に対する反応が、少し変だぞと思うべきなんだよ。米を売ってもらい、家にも泊めてもらってるのに、感謝の思いもなく、ただ村人の「冷たさ」ばかりが前面に立てているのは、異常だと言っていいくらいだ。

客　確かに、これじゃ、村人が、実は山姥か何かじゃなけりゃ、話が終わらない。

主　——だろう。だから、村人の「冷たさ」がもんだいなのではなく、村人の生命力の強さにこそ、岡田刀水士が恐怖していると俺は考えたわけさ。いわば、それは〝戦後的実存〟とでも呼ぶべきものだというのが俺の読み方だ。それを、「生活の重み」とか、「当時の暗い世相」とかだけに還元されちゃあ、たまらない。それじゃあ、岡田刀水士の詩における美質には、まったく触れようもないじゃないか。言葉にもまた、血は流れているよ。

客　相沢忠洋さんとは全く違う「戦後」だが、岡田刀水士もまた、彼なりの「戦後」を生きようしたというわけか。

9

相沢忠洋さんの場合だって、「足先から伝わってきた」
民話的な「ぬくもり」程度で、足をすくわれちゃ困る
な。

10

考えもしなかったから
驚くのだし
あるべきものがないので
混乱し
疑念が始まり
「事件」は生まれる

相沢忠洋は『「岩宿」の発見』で書く。
「赤土の崖の謎は、うかつに話し合える人もなく、ただ私ひとりの追究となり、ひたすらに縄文早期の文化を追って、解明に努力していくよりしかたがなかったのである。」
二つの「事件」の後で、残念ながら、相沢さんは右のように結論付けたのだ。

以下、相沢忠洋『「岩宿」の発見』からの引用によって、「事件」を構成してみる。
事件①　金屑遺跡発掘
昭和二十三年二月
「……ある日、住居跡の床面を掘っていると、中央のところから、なんと焼土とともに土器がいけられてある「炉跡」が見つかった。私（「相沢忠洋」――引用者）は狂喜した。」
ただ、もう「夕暮れ近かったので」、まわりをきれいに

し、埋め直す。翌日、早々に掘ってみたかったが、行商もしなければならず、まずいことに午後から雨が降ってしまった。さて、その翌日、埋め直した場所を掘ってみるのだが、「あるべきはずの土器があとかたもなく消えてしまっているではないか」ということになる。「しかもその掘り方が、しろうとの手ではない」。「だれが、いったい何を目的に盗み去ったのだろう?」とは考えるものの、そもそも、埋め直した場所を知っている人物は数人でしかない。

事件② 学界におけるライバル関係

「私は大先生がたが来訪されることはありがたかったけれど、そのグループごとに、それぞれ主張があって、たとえば遺跡の取り扱い方についても、考え方がちがっていることを知って、気が重かった。/桐生へきた発掘グループのおもなメンバーを考えてみても、学界におけるライバル関係が二分、三分されていることがわかる。」「……学界には学界で、それぞれ相違し、相容れない世界が渦巻いていることを、このとき私は知った。」

——とは言え、発見の日はやってくる。

相沢忠洋は、『「岩宿」の発見』の「あとがきに代えて」で書く。

「岩宿遺跡は昭和二十四年九月十一日から十三日にかけて、三日間にわたる小発掘を予備調査とし、この成果を杉原先生は九月二十日に新聞発表する、といいおいて帰京された。(中略)私の胸は高鳴った。さっそく買い求めて、新聞を小脇にかかえこむようにして家へ帰っていく道で、「ついに岩宿文化は誕生したぞ」と心で叫んでいた。(中略)やがて十月二日から十日余りにわたって本発掘が実施された。明治大学考古学教室を中心とする、杉原先生が隊長の岩宿遺跡発掘調査隊の本発掘、本調査で、その調査、設営などの裏方の仕事に私は走りまわった。/「旧石器時代の遺跡発見」との新聞発表によって、私が予想していた以上の大反響の波が岩宿の丘に集中してきた、といっても過言ではなかった。」
相沢忠洋さんは、既に、昭和二十一年に岩宿で石器を発見している。だが、それ以降もずっと、その石器やその出土する地層に注目し、地道に調査を続けていたわけだ。

11

客　そういえば、君も「発見」したことがあるじゃないか。

主　うん、でも、そんなことを憶えていてくれるのは、お前さんぐらいだよ。戦前の『耕人』という雑誌で、岡田刀水士と清水房之丞の初期の詩篇を大量に発掘した。相沢忠洋さんと同じで、論文を書いて発表するまで半年以上、誰にも言わなかった。上毛新聞（二〇〇二年六月十二日付）でも報道してもらったのに、まあ、余り反響らしい反響もなかったけどね。

客　そりゃあ、そうさ。普通の人は誰も、岡田刀水士なんて詩人を知らないものな。

主　まあな、ただ、その後、群馬県立土屋文明記念文学館が、『岡田刀水士初期作品集』（二〇〇六年十月）というのを刊行してくれたのはいいとして、そこに、俺の名前なんて、どこにも書いてないわけさ。相沢さんと同じだな。

客　いや、確か、その頃、君は文学館の講演か何かで、岡田刀水士について喋ったんじゃなかったか。

主　そうだ。講演料も貰ったよ。でも、刊行された『岡田刀水士初期作品集』を見て、釈然としなくて、ずっとモヤモヤしている。俺の「発見」について一言も触れられていない。俺だって、たまたま見つけたわけじゃない。あちら、こちらの図書館の調査をした結果だったわけだ。「くやしかった」という相沢さんの気持ちがよく分かる。そりゃあ、相沢さんに比べりゃ、小さな、つまらないことだけどさ。

12

相沢忠洋が発見したのは、石器や土器だけではない。
相沢忠洋が発見したのは、必ずしも石器や土器ではない。
相沢忠洋が発見したのは、石器や土器などではない。
相沢忠洋という人は、単に旧石器を発見したから「凄い」のではない。
敗戦時、
相沢忠洋は十九歳で、
小僧奉公や兵役から逃れ、
やっと「自由」を手に入れる。
「差別されることはまったくくやしかった」という彼の言葉もある。
「戦後」を歩き、
「戦後」を歩き回って、
赤城のすそ野で
彼が石器や土器の彼方に見たものは、
たぶん、「自由」な人間の姿なのだ。
相沢忠洋はそれを「人間思慕」とも言っている。
人間の「自由」よ。
フラットな表現よ。
血の通う言葉よ。
架空の彼方で、
パタパタと、羽ばたく言葉よ。
フランソワ・ラブレーの『第一之書　ガルガンチュワ物語』の末尾にある通り、
ガルガンチュワが決めた「規則」とは、
ただ「次の一項目」だよ。
「欲することをなせ。」

13

相沢忠洋は『「岩宿」の発見』で書く。

「二十一年の秋ごろから二十二年にかけて、桐生一帯では電力不足と称して夕方になると停電つづきとなった。このことは、あわただしい一日が終わり、かゆのような米飯とサツマ芋が並ぶ夕食のささやかな庶民の団らんをまどわした。／また市内の学校や住宅にガラス泥棒がひんぴんと押し入り、ときには何十枚というガラスが一夜のうちに盗まれてしまうということも報道された。／戦災にあわなかった町だけに、すべての善悪が集中していた。そうして〝関東の上海〟などという呼称さえ生まれてきていた。」
〝関東の上海〟とは！
へえ、上海か。
パリでもあるかもしれないな。
まるで、ベンヤミンのパリでの歩行のようではないか。
雑踏ではないけれど、
群衆もいないけれど、
ベンヤミンの、
「のらくらした歩行自体が、根気と集中力を必要とした思考の訓練であった」（池内紀『ぼくのドイツ文学講義』岩波新書・一九九六年一月）わけだった。
相沢忠洋の「根気と集中力」が、
人からは「のらくらした歩行」のように見えている。
おや、相沢忠洋さんが自転車を押して、歩く道の前を、
国定忠治が歩いているではないか。
赤城のすそ野を歩いている後ろ姿は、
どう見ても、忠治に見える。
いやいや、
忠治の墓があるから、
あれは忠治の幽霊か。
それとも、墓を見に来た萩原朔太郎か。
なんとまあ、小説の中だけど、木枯し紋次郎まで歩いているじゃないか。
速足で、
声をかけようもない。
なんとまあ、
よく見りゃ、

多くの無名の人びとが、ごった返し、
雑踏もあり、
なんとまあ、群衆だよ。
詩人の永井孝史さんなら、ここで、
皆サン！
皆サンのなかには、
もしかして、と言い出し、
こらさ、とか合いの手を入れたいところだろう。
ぽんぽこ。
ぽんぽこ。
遠く、渡良瀬の方に目をやれば、
田中正造まで歩いているじゃないか。
多くの、
名も無き人々が、ぞろぞろ歩いているよ。
ぽんぽこ。
ぽんぽこ。
おやおや、高野長英が一人、榛名の方へ逃げる姿も見
えるじゃないか。

遠く、吾妻の弟子をたよって、
走っている。
福田宗禎五代の浩斎や高橋景作、
柳田楨蔵（鼎蔵）などの吾妻の蘭学者たちが手を振っ
ている。
ぽんぽこ。
ぽんぽこ。
おや、まあ、
私の先祖が、中之条から沼田辺りへ「愛敬膏」を売り
歩くのまでが見える。
はまぐりの中の、
ピンク色の、
傷薬「愛敬膏」。
ぽんぽこ。
ぽんぽこ。
大手拓次が上京したのはいつだったか。
それにしても、時の流れは、めちゃくちゃだ。
ちょうど、今、安吾が桐生に引っ越して来たところで

はないか。

14

浅田晃彦の小説集『安吾桐生日記』（上毛新聞社・一九六九年十一月）の「あとがき」から引用する。

「坂口安吾は晩年の三年間を桐生市に住み、ここで終焉した。／『信長』を始め多くの作品が桐生で書かれた。愛児を儲けたのも桐生であった。桐生の人々と交遊し、しばしば己れの修羅に巻き込んだ。安吾はどこに住んでも地に爪跡を遺して行く人であった。／私は（中略）半年ばかりの期間ではあったが、安吾の知遇を受けることができた。お宅でご馳走になったことがあり、そば屋や映画館にお供したことがある。馬庭念流の見学にも随行した。一度作品を読んでもらった。安吾は口で批評してくれた後、添削までして返してくれた。私はそれを大切に保存している。／私が接した限りでは、安吾は無頼派というイメージとは遠い人だった。短い言葉では表現できない。とにかく振幅の大きい、男性的魅力に富んだ人だった。／私は安吾の修羅に巻き込まれなかった。その時期には船医となって日本を離れてしまったからである。死のニュースもどこかの洋上で聞いた。」

昭和二十七年二月、作家・南川潤の紹介で、桐生市本町の書上文左衛門邸の母屋の離れへ、坂口安吾は転居する。この引っ越しで、安吾が前年度から関わってきた、伊東競輪場でのレースの写真判定に疑義をとなえた「競輪事件」に、ようやく終止符を打つことになる。一時は、被害妄想で、大井廣介や壇一雄の家などを転々としていたが、旧知の作家・南川潤の誘いで、桐生に落ち着くのだが、翌年には、安吾が錯乱の発作に襲われ、南川潤と絶交状態になったりもする。ただ、その一方で、安吾は桐生近辺の古墳を巡り歩いたりしている。

そして、安吾の、最後の暴走が始まる。

15

坂口美千代『クラクラ日記』（潮文庫・一九七三年三月）から引用する。

「桐生に移り住む目的のひとつ、目的というより楽しみのひとつであった桐生周辺の古墳めぐりを、ひっこしをした、その年の三月末にはもう始めていた。私は坂口に従いて、桐生近辺の山野を歩き廻ることになった。」

坂口美千代は、安吾の奥さんである。「クラクラ」というのはフランス語で、野雀のことで、「いくらでもその辺にいるような」ありふれた少女の「綽名」だ、と単行本の方の「あとがき」に書いてある。獅子文六の命名で、坂口美千代が経営する店の名のようでもあったらしい。さらに、文庫本の「あとがき」の方には、『クラクラ日記』が文藝春秋から刊行された、昭和四十二年の翌年の一月に、TBSでテレビドラマになり、若尾文子主演で「毎週水曜日三十二回放映される」とある。残念ながら、これを私は見ていない。「視聴率は三十何パーセントとか」という記述もある。

安吾の、最後の暴走については省略する。

もっとも、坂口安吾は自伝風の短編小説『私は海をだきしめたい』を、「私はいつも神様の国へ行こうとしながら地獄の門を潜ってしまう人間だ。」と始めている。

あるいは、また、

「意味から無意味へ駈けこんで行く遁走ですよ」（『安吾新日本地図』）とか、

「ひとり我が唄を唄う」（『二流の人』）とかいう言葉を、

とりあえず、掲げておこうか。

16

客　それはそうと、『詩的現代』27号の「事務局から」で、樋口武二さんが君の詩集を擁護して、吠えてるじゃないか。

主　いや、まあ、あれはあれでいいよ。話を蒸し返すつもりもないし、深入りするつもりもない。

客　そうだな、自分のことだと、なかなかハッキリ言えないものかもな。

主　そうなんだ。樋口さんに言ってもらって、ありがたかった。別に、「悪評」はいいんだよ。「誤読」だって、いいんだ。「誤読」には、文句は言わない。批判されても構わない。ただただ、自分の言葉で語ってくれりゃ、何も言う必要はない。ところが、あの、『それは阿Qだと石毛拓郎が言う』の書評らしき文章は、他人の評言やネット上の情報、さらに、あろうことか、私の家まで電話をかけてきて、そこでの雑談を平然と書き込んでいる。軽いんだよ。全体が雑談になっている。自分の考えがなんにもないから、読んでいてイライラする。もともと、知りもしない人だけれど、うんざりした。岡田刀水士の詩「冷雨」の場合と同じで、自分の「頭」で読まないでいると、とんだ「伝言ゲーム」になり兼ねない。自分の言葉でなら、「誤読」でもいいんだよ。「批判」されてもいい。ただ、自分の言葉で喋ってくれ、と思うだけさ。あれは、血の通わない言葉だよ。

客　そうだな。

主　まあ、相沢忠洋さんの受けた毀誉褒貶に比べりゃ、クズみたいなものだけどね。言えば、言った分だけ、こっちが惨めになるような気がするよ。

客　まあな。

17

寺山修司について、気になった文章を読んだのだが、それが何だったのか、どこで読んだのか、筆者は四方田犬彦だったと思うのだが、分からなくなっていた。四方田犬彦の単行本をいくつか捲ってみたが見つからない。そうだ、それは雑誌だと思い至るまで数日かかり、ようやく文芸誌『すばる』二月号（二〇一七年二月）所収の、四方田犬彦の連載『詩の約束』の「第五回…剽窃する」を見つけた。まるで、関東ローム層から発見された旧石器のように、積まれている雑誌の山から、それが顔をのぞかせた。

　四方田犬彦は、寺山修司を最大限に論理的な擁護をしてみせる。

　少し引用しておきたい。

「今から半世紀前にそれ（寺山修司の短歌――引用者）が盗作事件としてスキャンダル呼ばわりされたのは、詩歌をめぐる歴史的経験が忘却され、理論的構築が蔑ろにされていたからだろうとしかいいようがない。『空には本』の作者が苦境に陥っているとき、どうして藤原定家から江戸期の狂歌までを引き合いに出し、彼の辛辣な本歌取りを弁護する批評家がいなかったのか、わたしには理解できない。寺山修辞のことではないか。」*

　確かに、寺山修司の短歌の幾つかは、中村草田男や西東三鬼の句からの「剽窃」にみえないでもない。だが、四方田犬彦は言うのだ。「少年時代の寺山にとって、中村草田男と西東三鬼が偉大なるアイドルであった」とする。むしろ、寺山修司は「積極的な意図」をもって、草田男と三鬼の句を「自作短歌に取り入れた」のであると主張した。

そうだ、リスペクトだな。

別に、企業の秘密を盗んだ訳でもあるまいし、膨大な利益に繋がることもないのだから。

四方田犬彦は言う。

「強い主知主義だけが君臨する、寺山の言語宇宙が存在するばかりなのだ。」

「寺山修司はけっして詩想の衰弱を諸大家の美辞麗句の盗用によって補おうとしたわけではなかったと判明する。」

さらに、四方田犬彦は、寺山修司の文学的動機の裏側に「不在の父親」を見る。草田男と三鬼を、無意識に「父親」のように感じていたというのは、よく分かる。確か、寺山修司の文章に、久しぶりに句が出来たと思ったら、なんのことはない西東三鬼の句ではないかと、自分で苦笑いをする話があったと思う。

四方田犬彦は言う。

「詩的言語というものは情感の自然性なるものからは生まれない。それは音符やコンクリ片のように、微小の部分を人工的に構築していくことで、はじめて到達できるものだ。」

四方田犬彦は言う。

「寺山修司は機会あるたびにロートレアモン伯爵の『マルドロールの歌』を引き合い出し、それを基準として自分の書いたものを判定するというところがあった。だがわたしには悪と暴力に満ちた『マルドロールの歌』よりも、この伯爵が本名に戻って少部数だけ印刷した『ポエジー』という詩的断章の方が、寺山にはより重要であったように感じられる。「詩は万人によって書かれるべきだ」と宣言するこの書物のなかでは、古代ギリシャ哲学からパスカル、ヴォルテールにいたるまで、ヨーロッパの主だった詩人哲人の名文句が引用され、それが一つの例外もなく完全に転倒されているからだ。」

四方田犬彦は、さらに言う、

「際限もなくフラットで表層的な言語の地平へ」と。

＊後に刊行された『詩の約束』（作品社・二〇一八年十月）の本文と一部異同がある。

18

相沢忠洋は『「岩宿」の発見』で書く。

「三日がかりで直江津に着き、そこから群馬に帰ろうと思ったが、山崩れで不通であった。しかたなく宮内に出、清水越えでかえることにした。／呉を出発して五日目の夕方、群馬の前橋に着いた。前橋の街は一望焼野原だったが、上毛の三山はくっきりと夕暮れのなかにその姿を浮かせていた。／桐生駅に下りたのはもう八時をまわっていたろう。桐生は戦災にあっていなかった。すぐ家に帰った。（中略）荷物を下ろすとすうっと力がぬけ、そのままたたみに横になり、ねむりこんでしまった。／何もかも終わった。」

その時、相沢忠洋さんは十九歳であった。

「なにもかも」が、これからだった。

19

相沢忠洋さんのふるさとは、鎌倉である。相沢さんが八歳か、九歳の頃、妹の死をきっかけに両親が離婚し、母や妹や弟たちと別れ、相沢さんは父とともに「群馬県の桐生というところ」へ行くことになる。ところが、しばらくして、浅草のはきもの屋で小僧奉公することになってしまう。母親と暮らした寺山修司とは違うが、父親と暮らした相沢さんは、寺山修司とどこか似ている。結局、一人暮らしをするしかなかったところも、よく似ている。やがて、周囲の勧めで海軍に志願し、昭和十九年五月に入団する。訓練地の呉で、出撃する戦艦「大和」も見ている。相沢さんが乗り組んでいたのは駆逐艦「蔦」である。山口県南東部の「小さな漁村の海岸」に「偽装接岸」していた八月六日午前八時、

「北東方の一角で異様な閃光」が起こった。相沢さんが、帰郷者となって「数人の同年兵」とともに艦をあとにするのは、九月一日であった。

ちなみに、やがて『現代政治の思想と行動』を書くことになる、丸山眞男召集兵が、原爆被災の地広島（宇品）から奇跡的に復員したのは九月一二日で、その時、彼は三十一歳であった。

ついでながら、私の父親が中国大陸から復員したのは翌年の七月三日、山口県仙崎港に上陸し、群馬の中之条へ向かう。二十二歳になっていた。

20

『「岩宿」の発見』は、成長する。

ひとりでに『「岩宿」の発見』が大きくなる。

相沢忠洋の代わりに、『「岩宿」の発見』が歩く。

『「岩宿」の発見』が歩く。

『「岩宿」の発見』が喋る。

『「岩宿」の発見』が自分の言葉で喋り始める。

相沢忠洋という人は、単に旧石器を見つけたから凄いのではない。敗戦時、相沢忠洋は十九歳で、小僧奉公や兵役から逃れ、やっと自由を手に入れる。「差別をされることはまったくくやしかった」という彼の言葉もある。彼が土器や石器の彼方に見たものは、たぶん自由な人間の姿なのだ。

詩の試み

暗喩の冬（テイク１）

事実を滑走路にして
ふんわりと

架空の彼方で
パタパタと
羽ばたく言葉よ
複葉機よ
まだ何も終わっていない
プライベートな性質が武装しようとする冬
赤城のすそ野は
恥ずかしいほどに、裸だよ
書物を読むように
字引で調べるように
捲る
どんな名の渦が渦巻いているのか
問いかけばかりが
潮が沸くようにわきでた海が遠く見えるよ
究極の悪意よ
罪深さに感嘆せよ
過酷や非道で瞬く星よ
呪詛や告発などに用はないのだ

極私的な日記を続けるような
熱病の日々をこそ求めているのかもしれない
澱のように残る欲望よ
夜空の先端が予期となって突き刺さっている
何かの境目か、継ぎ目のような言葉が
パタパタと
羽ばたいているよ

暗喩の冬（テイク2）

資料を助走して
響きに耳をすませば
もう聴こえることのない言葉
意味を失った音
一晩中続く道路工事のように
いつまでも続く
無音

点だな
黒い点だ
（ドレイとしての優等性を批判せよ）
あるか、ないかの結び目に
ぼんやりと
あかりがともるのは不思議なことだな
廃墟でもあり、起点でもある
雨が降り始めた
泉が恋しい
裸で生きる、響き
遊んでいる
伝えるね
終わりまで聴いてくれれば
声が見える
悪い冬だな
妙に白っぽい
「孤独の雪」よ
「死んだ雨」よ
魯迅の〈雪〉よ

暗喩の冬（テイク3）

赤城のすそ野では
人々がごった返し
群衆となっているのだが
まるで墓場の運動会だから
世間に知られることもない
埋まっているのは妹の死か
だからなのか
火もなく燃える野が
火もなく燃える野が
人々の顔を明るくするのだ
略奪の野に背を向け
あしたの勉学を
走り続ける自転車よ

燃えるノートよ
燃えるノートよ
けむりのような声がたちのぼる
「これが土器」
「これが石器」
この断片だけが見せる姿よ
火もなく燃える言葉が
火もなく燃える言葉が
まるで滅びるようでもあり
人々の顔を明るくするようでもあり
眠りから目覚めるようでもあるのは
なぜ

暗喩の冬（テイク4）

時は行く行く、と唐十郎は歌い始めたものさ
乙女は婆ァ〜に
それでも時がァ行くゥ〜ならばァ、と唐十郎は
婆ァ〜を乙女へと転倒させ
物語を始めてしまうのさ
駅前の／駐車場の／自転車の
一番端の自転車を押し倒せば
まるで何かの「事件」のように
自動的に転倒が転倒を呼び
パタパタと倒れ始めるから
パタパタと浮かび上がる道理さ
造反有理
たった一人で、もう何年も、何十年も飛び続けている
インド空軍のドローンよ
インターステラー
スマホよりガラ系
ガラ系より固定
固定より飛脚
飛脚より徘徊
俳諧より詩作

星の配列に変化が始まる
ゴジラ座があるなら
モスラ座も必要であろう
群馬原町駅前にあったのはスカラ座ではなく、銀勝座
だったよ
私は双子座である
双子座の今日の／今月の／今年の運勢は？
不易流行
日本文化私観
まっ青な空の
乱暴な非破壊検査によって
暴かれる詩よ
埋められた妹の死よ

暗喩の冬（テイク5）

兼業農家や
兼業主婦のように
兼業考古学者や
兼業詩人がいて
果てしなく逸脱しそうになる言葉に
錨をつけられているから
怒りを忘れるな
兼業で手薄になって
忘れられ
放棄される私よ
まっ青な空の
乱暴な非破壊検査によって
暴かれる詩よ
難解「である」のではなく
難解に「する」のだよ
ジェットコースターは迷路のように
複雑じゃなけりゃ、面白くないじゃないか
無用「である」のではなく
無用に「する」のだよ

季節が余りにもベタつくから
「あっしには関わりないこって」と
回避するために
兼業遊び人であり
兼業無職であり
兼業高齢者であり
兼業少年であった昔が懐かしく
兼業消費者であり
兼業読者だから
利用できるものは何でも利用し
兼業木枯し紋次郎だから
一話完結で
つい、関わって
ドラマは来週に続くのだけれど
世間の風は冷たい
剽窃だ
仮装だ
仮想だ
不完全だ
という威嚇は、実態のない委員会へ丸投げじゃないか
制約から繰り返し逃げるように
制約を繰り返し読むように
制約を繰り返し書く

暗喩の冬（テイク6）

テイク・ファイブがまだ続いている
確か、深夜放送〈パック・イン・ミュージック〉で
パーソナリティーがトイレへ行く時に
この曲をかけるとか聞いたことがある
もう、曖昧な記憶だ
それにしても誰から聞いたのか
まあ、長めの曲ということだろう
深夜
高校生になった「私」が

一人で
音楽に耳を傾ける
極私的に言えば
「私」は
もう一人の「私」にであったということだ
覚醒
闇の中で
「私」というものが生きているということを
実感したということだろう
深夜の中に、灯る小さな明りが見える
いつの間にか「高められたはなしことば」よ
片桐ユズルの詩よ
それが、「記号の修練とか誇張」などと、決して別もの
でないことを知らなかったよ
めまいの塔の上で
野津明彦のように
ただ、遠い雷鳴に耳をすませていた頃のことだ

暗喩の冬（7）

以下、片桐ユズル『高められたはなしことば』（矢立出版・一九八三年二月）の「まえがきにかえて」から引用（改行は、引用者）する。

「……宮崎隆さんは、一九八〇年夏に東北の掛唄を見て深い感銘をうけた。オボナイといえば東北の民謡の宝庫だが、そこはむかし関所があって、諸国からの交通交易のながれがそこで足止めをくったりして、そういう『たゆたう』ところで、ひまをもてあまして、諸国の歌が交換され、まじりあい、残った。土地の古老にいわせると、昔は『うたう歌』だったのが、このごろは『知らせる歌』になってしまいましたなあ、という。わたし自身についていえば若いときはミュージカル見ても、そんなところでのんびり歌なんかうたっていないで、はやく話をすすめんかい、という感じだったのが、このごろ、時間をとって、ゆっくり、その気

分にひたれるのがミュージカルのよいところだとわかるようになってきた。
うたうことは、やっぱり、
その気分にひたること、
味わうこと、
たのしむこと、
ゆっくりと、
時間をかけて、
そこに存在すること。
自己とまわりの世界とが接する一点で
だんだんと熱くなり
溶けあって
ひとつになる瞬間！」

暗喩の冬（テイク8）

片桐ユズル「現代詩とコトバ」（『現代詩論6』晶文社・一九七二年十月）から引用する。
シカゴのホイットマンと呼ばれるカール・サンドバーグ
「彼は一八七八年にスエーデン移民の子として生れ、皿洗いや、とり入れの臨時雇いになったり、プエルトリコ戦争に行ったりした時に、仲間から聞いたバラッド、水夫の歌、ワイセツな歌やセンチメンタルな歌から、民衆の巨大なエネルギーを感じた。オマハでいっしょだった石炭運搬夫、プエルトリコ戦争のザンゴウにいた兵隊、バイオリン弾きをやめてミルク屋になった老人などといっしょに牛乳のカンを洗いながら、彼は民衆のアクセントを聞いた。」
「サンドバーグはコトワザ、キマリ文句、名文句などだけを並べて詩を試みた、『グッドモーニング・アメリカ』（一九二八）では、
人生とはきみがつくるものなり
スピードとカーブ——ほかに何がいる？
食べるより飛びたい

パイオニアが必要だ　その何人かは殺される
裏庭の方が草は長いぜ
（以下、省略）
サンドバーグはこのように、ハナシ・コトバ、問答形式、スラング、隠語、ジョーダン、バカ話などを総動員して、当時の新興都市シカゴや中西部の開発、民衆のエネルギーを讃えた。」

暗喩の冬（テイク9）

月にも
太陽にも吠えなかった
まぼろしの犬が
イヌ神家の一族が
ここ掘れワンワン
ここ掘れワンワンと叫ぶのだ
掘ってみれば
ああ、こんなにも
ガラクタなのか
お宝なのか、判別のつかないものばかり
そうか、これが
中世歌謡の研究者としての
私が長年求め続けてきた
『閑吟集』の原石のようなものだったのか
「閑吟集は小歌集である」というのが
私の恩師・池田廣司先生の論文名だ
断じて歌謡集ではない
フシが小歌なのだ
出自は様々な歌謡が小歌となって
絶妙な配列をなして
雅俗が拮抗して
まるで肉声のような言葉をそっと包んでみせるのだ
そうか、埋まっていたのは
はじめから「高められたはなしことば」ではなく
元々は「記号の洗練とか誇張をいっしょうけんめいや

っているひとたち」のことばでもなく
最初から「より知的なパウンド一派」だったのでもな
く

「日常的な経験」で
「仲間から聞いたバラッド」
「水夫の歌」
「ワイセツな歌やセンチメンタルな歌」
「ハナシ・コトバ」
「スラング」
「隠語」
「ジョーダン」のようなもので
それがガラクタのように
あちらこちらに埋まっていて
相沢忠洋が発見すると
まるで「志ん生や円生の落語」の肉声のような
民衆のエネルギーをみせるのか

特にお断り申し上げておきたい。

相沢忠洋氏は、平成元年（一九八九年）五月二十二日に逝去された。没後三〇年ということになる。

（補注）現在の「相澤忠洋記念館」の名称からすると、本来は「相澤」と表記すべきであったかもしれないが、ここでは、記憶の中にある「相沢忠洋」のままで呼ばせていただいた。

あとがき

わざわざ告白する必要もないのだが、一応、『「岩宿」の発見』を読み返すことになった「ちょっとした必要」に触れておきたい。実は、群馬県文学賞というものがあり、その評論・随筆部門の選考委員として読んだものの中に、相沢忠洋についての人物論があったのである。そこで、久々に相沢忠洋という歴史的人物を思い起こし、高校生の時に講演会にまで行ったことなどもよみがえり、妄想が妄想を呼び、どうにも止まらなくなってしまったのである。制御が利かないというか、言葉が、まるで坂口安吾のように暴走し始めた。――という訳で、実在した相沢忠洋という人物が起点となってはいるものの、すべては私の妄想による産物であるので、その点について、

自撰詩集

詩集『長征』（一九八五年）抄

編む

こだわりがほどけて行く
ここが勝負のしどころだ
しなやかに髪振りみだし
くずれそうでいて　九回まで

散歩をするように長征するのだ
旗印をハンケチにして
あたりまえの街を
真昼に
ほどけて行くのにまかせて
編んでいくのだ
背水の
陣

話す

置く
どこへ向けてよいのか
まよってみるのも
快感とはいえなくもない
いごこち
角度を取り
ふわり
離れてみたいが
場はすでにマル優でなんとかいう複利
とっくりの下ぶくれ
いすわってしまったりする
通俗なのだ
めでたいナ
いいい
なんとか海岸を泳いで
わかりきったまよい

テレてみたところで
サマにはならぬのだよ
霧る

ください

詩をひとつ　ください
オーダーメイドですね　でも
採寸もしないで
色も柄も決めないで
そこをひとつ
なんとか　作っちゃおう
と安請け合い
赤字覚悟の大サービス
季節はずれのバーゲンセール
ヒマというよりマヒしているのかもしれないね

死をひとつ　ください
オーダーメイドですね　でも
それは初めからあなたの中に
命のちょうど真ン中に
そこをひとつ
なんとか　取り出しちゃおう
と安請け合い
出血サービス
村はずれのオバケのセール
そんなのあったら楽しいね

やっぱり
詩をひとつ　ください
死から詩を取り出すと挽歌だが
詩から死を取り出すとお晩です
種のようなぼくらの死を
大切に
いつくしみ

大切に
育てる道筋に　ひとつ
詩を

歩く

例のごとく坂を登る
だらだらと
思い出をなぞらぬためにくり返せよ
あたり前の顔で
目をびっくりさせて
たたみかけてくる近所の
おばさん
のような習慣には
機関銃
のように
どうも
を
知る人もいない町内会のきまりごとには
遠くから
縁日の輪投げ
入ってはならない線を
守ろうネ

メインテーマを歩いて行けば
したり顔で大通りがあり
遠慮させていただきたいが
路地もなく
すり鉢の底のような明るさの
とんだ深みで
湯ざめせぬために
後ろを見ないで
通過する
歩くようにくり返せよ
まつりのような首都の時代

せめぎあうから

くだる

みつめて
集める
糸を紡ぐように
歩く
異貌の街をつらぬく
強靱な張りを
流れれば
漲る
出立
東下りとしゃれようじゃないか
猥雑な京になり下がった
東を
歌えよ

川渋るところ逆流し
国鉄吾妻線が大きくカーブすればふるさと
時の彼方で
もうカーブは投げまい
ふるさとを無視し
にくしんを通過してしまった私ではないか
叡山などと比べるか
憂愁になれぬ私は
乾飯（かれいい）ではなくカレーライスを食らい
生活を引越しし続ける者である

つむる

お茶を飲んだ
ここはしっかと
句読点でもうって
目でもつむって

一字分のお休みだ
考えてはならぬ
声かけや気くばりを
回避して
任意の一点
彼方の架空で
ひと呼吸

する

思い出を掃除する
悲しみを洗い
怒りを磨き
転戦する
九回の裏の裏は
延長戦
サヨナラヒットは打たないで

くり返せよ
日常をハードトレイニング
マーケットを七周して一週間の始まりだ
料理の基本はすばやさだから
夏はそうめん
するするする
冬はラーメン
するするする
なんでも動詞化して
昔あったネ
タバコする
酒する
せ
し
す
する
すれ
せよ

日常を活用する
調味料はサ行で
笑うのはハ行
たまにはカ行でも笑うが
手抜き作業だから
難行苦行
ぎょうぎょうしくも
日常する

ぬける

気合いでも入れて
駆けぬけるか
ちょっとしたいやなこと
三十歳を越えた
八艘飛び
こたえるのだ

とりくめられるなら
ひらけるのだ　道
草もない
とりつく
島もない
飛ぶのだ
見知らぬ街
よそよそしい街路樹
一方通行の市街地

準備する

例になく
五時に起きる
寝かせておいてくれないのだ
朝
出発までの二時間

お湯を沸かし
歯を磨き
風呂に入り
身体をほぐす
用意万端を整える
こういう時だ
サインを盗まれるのは
モーションがながすぎる
気がついたら終わっていた
と思いたい日
の冒頭
の序説
の小序
の書き出しで
足踏み
わかった気でいる
若年寄め
傷つくことを恐れているだけじゃないか

測量するから
長い
日

詩集『遊女濃安都（ゆめのあと）』（一九八六年）抄

髪

詩の
一行一行を梳る（くしけずる）ように
やわらかく
風に流せば　やがて
波打つ
浜辺を歩くことになる
その
美しい額（ひたい）を
なでるように　さすらい
生え際の辺りで　やっと
理由らしきものに出会う

（どこを歩いていたの　こんな冬空の下を）
（波を見ていたよ　まるで蛇のようにくねくねとして
……）

捜していたのは主題
遠近法
を利かせれば
それは女だったかもしれないと思う　しかし
水死人
である君にもう言葉はない
瞳のような満月
浜辺に打ちあげられた海藻　それから
だいぶ歩いた
ここからは鼻腔すら見える
ぽっかりと開けられたくちびるの縁（へり）の紅（べに）は
抒情的に
まだ少し残っている

舌

要求されているのは物語
流れのままに
舌を突き出し続ければ
高速道路の一つや二つ
からませて
ささやかな旅にも出てみようではないか
（いやだ）
という主題を引き摺（ず）りまわしてでも
首都をぬけ
少しは緑の匂うあたりまで
連れ出してしまおう
その程度の技法すらなくて
どうしてこのたたかいがたたかえよう
姫を背負い
もうひと戦（いくさ）するために

鋭い舌をもった馬が必要だ
蹄鉄（ていてつ）の音が
アスファルトの道を谺（こだま）する
闇夜に
馬が走れば夜明けも近い
不自然に抱いている姫が重いが
物語を駆けぬける馬の苦労を思ったら
なにを嘆くことがあろうか
疑問の谷を渡り
反語の丘を越えるあたりで
姫にも舌を巻かせたい

目

そのとき
——目をひらいている
　目をつむっている

問われてみると
かえって
ぼんやりとしてしまう
集中
しようとふんばってもみるが
イマジネイション
が勝手にいけない方向へ行ってしまいそう
ああ　と声にならない叫び
をあげながら（赤いくちびる）
のぞき込んでくる顔
まぶしいほどの照明
なにかの金属音
水のしぶき
せいいっぱい感じ（ふくらむ鼻腔）
反応して（のびる腕）
さあ　いよいよそれにとりかかる
そのとき

目をつむったら世界は消える
たとえ辛（つら）かろうと
楽しむようにすべてを
見届けたいところだ

とは言っても
いまさらどんな目が私にできよう
輝き
はすでに遠い
パンや愛やことばを
不器用に噛（か）み砕いて文明批評されつくした
その墓標よ
野性の鋭さ
クリニカによる輝き
を思い出しながら
目を剝（む）いておく

顎

私の顎が退化していく
毎日毎日
ギシギシ音をたてて退化する
一昨昨日(さきおととい)は
まだ私は類人猿
だった
はずであるとか
まさか
そこまでは言わないにしても
生肉ぐらい
噛(か)み切る力
はあったのに
ギシギシと不安は顎からやって来た
カレンダーの中に吹くサバンナの風に乗って
もう何日も鏡を見ることもない

そのくせ
食べるものは食べ
職場に出掛け
言うことは言っている
実態としての顎をつかむことのない不安
はその程度のものだ
というやんわりとした注意
されても
顎の中の鋭い牙をちらつかせる
ぐらいのふんばり　ギシギシ
させてみても
すでに　退化は覆(おお)いようがない
歯に輝きもない
猫の顎のように
撫(な)でられるのに都合がよい
などというレベルを越えて
ギシギシ
退化の加速がついている

耳

裏情報ばかりを嗅(か)ぎまわっている男が　今日も親しげに近寄ってくる　梅雨(つゆ)空がまだ続いているようないやな気分になるが　私はそれを刑事のように聞いておいてもいいし　むしろその男が刑事で　私の方が「へい、ダンナ」と媚(こび)を売っておいてもいい　関係がわからなくなっている　いや　昨日は情報屋で　今日は刑事をやっているのかもしれない　起伏のはげしい街では自分の位置がはかりがたい　しかし　耳はいずれにしても事件をつかんでいる　耳はすでに　ある種の感情をあらわにしている　行為はすでに出おくれている　すでに追いつくことはできないかもしれない　手おくれである　運命は決まった　夥(おびただ)しい手と足がやがて事件に触れる　ベタベタと事件は指紋だらけになり　足跡が散乱する　だれも笑うことはできない　そのめちゃくちゃな足跡や　脂(あぶら)だらけの指紋を　今度は正確に追うことになる　それが規則で　事実というやつだ　事件は永遠に失速を続ける　ただ今はそれを　耳の位置で見わたしている

*『遊女濃安都』というのは、尾張藩七世徳川宗春の、襲封から退隠に至るまでの記録文書名である。それを「ゆめのあと」と読むことを知って、あれこれ妄想が浮かんだ。三一書房版『日本庶民生活史料集成』第15巻に収録されている。

詩集『しらすおろし』（一九八六年）抄

前橋

それは
前橋でのこと
ではなく
夕暮れの橋の前
歩道の脇の鉄柵のところで
女は急にコウモリになった
飛び回ることなく
うんうんと
つかまるというより
鉄柵をひっぱるようにして羽をばたつかせた
通行人がことさら目をそらすように
——コウモリよ。
——コウモリね。
と低く言葉をかわしながら
通り過ぎる
女のコウモリはまだ羽をばたつかせている
貴重な有翼人種よ
雨が降っているわけでもないのに
女のコウモリは
悲しみをやさしさのようにして
全身を濡らして輝いている
見上げれば広がるはずの空がない
うしろから抱きかかえると
見かけよりも重い
重さ
の手応え
つかまえたのだ
じかに触れた
お腹の肉
が
やわらかくあたたかい

深谷

深谷という駅に降りたこともないが　また
そこの出身かどうか
そこにかつて住んでいたかどうか
なんにも知らないが　いや本当は
まちがいなく
出身地も
きょうだいのことも
さまざまな学校時代の出来事も
くり返しくり返し聞いたはずだが
それに
触れたような
実感がない
考えてみると肝心なことはなに一つ
知っていないような気がする
いずれにせよ

ある女がいて
――涙の谷があってね。
と呟いたとき　それは
深谷にちがいない
と根拠もなく思い
女のことばに従って
その深い谷を
降りて行こうとしたが
女は
それ以上なにも語らなかった
知るかぎり
女は三回泣いた
そのうち一回は私も泣いた
そこはだれもいない喫茶店だった
そのときはむしろ
女が私の谷に降りかかっていたような気もする　そし
て
あとの二回はほとんど

私を拒むように
一人で
その涙の谷へ降りて行くばかりだった

詩集『危草』（一九八八年）抄

位置

いい位置がなかなかとれない
あたりまえだ
雨
も降って
道
はぬかるんでいる
これは告白から生活までのありふれた受難
寒いからあたたかい
ほとんど退き（しりぞき）ようがないから前へ
と言うと
どこかすねているような
力のなさ
に見えるが

雨や
道に
あと押しされる気分
を味わう
雨が降っているから歩くのだし
道がぬかるんでいるから進むのだ
前後の脈絡からの飛翔
森の奥でおまえと
ふいのように身をからませれば
悪いことは良いこと
になる
位置もあり
ときどきは監視人の目もうかがいながら
ただひたすらに
位置をとる

扇

無粋にも
乗り込んでくる者がある
いまさら弁解ができるわけもなく
しようとも思わない
見られてこまる
わけでもないが
扇で
顔でも隠し
しどけない姿態を
そのまま
花のように
無言で示せば
あでやかな風情となる
こともあろう
いささかの動揺

がないとは言えぬ
にせよ
多くはむしろ乗り込んで来る側のものにはちがいない
花は力
ならば
憂鬱な午後の
ゆったりとしたまどろみも
方法
でなければならない
出廷までの
しばらくのゆとり
おいしいものはおいしい
散る花びら
に埋れる
喜び
利いた風のおせっかいが
辺りに
キラキラ
光っている

耳のように

耳を信じる
それにしては互いに多くを語らない
ことについて
いくらか考察すべきだろうか
たくさんのものを見た
生意気な口もたまにはたいて
出る埃（ほこり）
一週間に一回ぐらいの掃除と
洗濯
雨ばかり続いて乾かないことを
嘆くのも愛嬌
耳を噛（か）む

そっと息吹きかけて
語るよりもたくさんの思い
べとべとになるほどに
存在を溶かしてしまう
お喋りを慎まねばならぬ時もある
ことを
風が草原を吹きぬけるように
そっと
教えてやろうとする傲慢
耳を欹(そばだ)てる
ことばは身をなびかせている
受身
だという中傷
の一つや二つ
さりげなくかわして
丘を望む
不思議なほどに
動機は不純ではない
欲望は
まるで耳のように渦巻(うずま)きを止めたままだ

千の葉

耳ざわりのいい言葉が好き
だからといって
都合のいい言葉は嫌い
と
きっちり批評
はされている
まぶしいね
千の葉を踏みしだいて
少しは走ってもみるが
やっぱりそれらしい言葉は出てこない
包み込むように
あたたかなもの

小さな秋　見つけた
したたる
汗もやがてひいていく
紅葉の山々は
まるで思い出のように美しいか
始まりもなく終わりもなく
あたたかなもの
快楽には敗けない
まぶしいね
千の葉を踏みしだいて
少しは迷ってもみるが
やわらかい大地に
ひとつひとつの言葉
は
なんと具体的な勁(つよ)さを持っていることだろう
まだ余韻が残っている

匂いはしている

波
の音
のように聞こえている
表の通り
はここからは見えない
道なりにあるいてみようよ
匂いはしている
きっと　辿り着くべきところに辿り着くことだろう
くねくね
とした道を
くねくね
と歩いている
甘い香り
に導かれているのはいいことにちがいない
いっしょに歩くのはいいことにちがいない

くねくね
とした記述を
くねくね
と現実の方へ返して行こう
匂いはしている
波はくずれおち続ける
まったく
それは絶え間がない
と人に聞いたことがある
そういう波を見に行こうとしている
匂いはしている
波はまだ見えていない
迫(せ)りあがるものは感じている

詩集『骨の骨、肉の肉』（一九九四年）抄

繭

夜のような沈黙の底で
波の音に浮かぶ
電話ボックスが
発光している
辺りにはだれもいないのが
ここからも見える
まるでなにかの説話でもあるかのように
やがて彼女は
細い細い糸を静かに吐き出し始める
電話ボックスは
彼の音に揺られ
ゆらり
その時

彼女が見ているものはなんだろうか
彼女の尻上がりの声
ゆらり
決して自分から切ることのない電話を
ぐるぐる自分の身体に巻きつけながら
そこで彼女は
繭をつくる
波は見えないが
電話ボックスが
遠く流されて行くのが
ここからも見える
ゆらり
私の視界を越える手前で
今
電話ボックスが
考えられないほどの発光を始めたところだ

更級日記

書物の中で
暮れている
巨大な眠りのような一日を
何度も何度も起きてはみるが
夕焼けを見ることしかできない
ぽっかりと
だいだい色の
満月は出たが
彼女からの電話はない
ここは更級ではないけれど
月を見ても
わが心を慰めることはできない
孤島のような日記の中へ
波のように

打ち寄せる
彼女
彼女もまた
別の眠りを何度も何度も起きている
「ちゃんと私を見て」
彼女の口癖は決まっている
岬のように
口を突き出して
死者のことばかり話している
その不在の
ゆるい揺籃よ

骨の骨、肉の肉

1
下り階段の途中で濡れた布のように眠りこけてしまっている男が消える夢ばかりを見ているので起こそうという男まで現れて自然と観客になって見続けてしまう私よ。

2
気がついてみると／こわれていた／何を許し／何からはぐれてきたのか／同じ唄ばかりを歌う／ようやく彼女からの電話がある／ねじれを歩く／歌謡

3
まずあるのは、ある種の張りのようなもの。たとえば、水滴がころころと転がるのを見るときの、その表面張力のようなもの。水滴ならば、それは触れることによって、そのぎりぎりの力がなくなってしまうだろう。しかし、ここには弾き返す力がある。触れる。さわる。……さわっている私が、そこで弾き返されている。

4
断片のような／たくさんの場面が／散り重なって／浮

かびあがるものがある／声と／言葉とが／激しくすれ
違いながら／旧式の大砲のようなところから／主題が
／ぼおん　ぼおん　と／少し恥ずかしいくらい

5

左手はまるで何かを指しているように、左側を指している。よく見ると、左手の人指し指は立てられている。しかし、その先には、特徴のない一本の電柱が立っているだけである。その先は、既に切り取られている。特に気にするほどのことではないのかもしれない。失われているものを見ようとするより、それをさりげなく指し示している、その手そのものを見るべきであろうか。

6

塔を登る。
階段の途中の小窓からは、森が見えている。
雨が降っている。

塔の中の人はまばらだ。
雨が降っている。
塔の内部には、これ以上ないくらいのハデさで、金ピ
　カの仏像が
いくつも並んで、それぞれ違う印を結んでいる。
森が雨でけむっている。
それにしても、この塔の内部はなんでこんなにハデな
　のだろう。
笑える。

詩集『クーラー』（一九九九年）抄

朝の水

病院の朝は
かさぶたが剝がれた後のようなつややかさで
しんとして
生涯を見わたせる広がりを持っている
光りばかりがまぶしい
だれもいない待合室の
ビニール張りの椅子に座って
今、買ったばかりの
朝の水を飲み
駐車場に出て
のびをしてみるが
なぜか
見捨てられたような感じがして
光りばかりでまぶしい
夏草の匂いは
生々しい
田んぼの向こうの国道には車がひっきりなしに走って
　いる
何を考えるのでもなく
何を考えようもなく
その様子を見続けていて
やがて、それを見ている自分自身に気がついたところ
　で
思いついたように
ベッドに戻ろうと決意する

入院日誌

八月八日
天笠次雄さんから手紙をいただく

〈暑さのきびしい毎日です
お元気ですか〉
八月七日
私は既に入院していた
妻が持ってきた
手紙の中には伊藤信吉氏からの手紙のコピーも同封さ
　れていた
手紙の内容がたまたま私の詩に触れていたためである
八月十一日、日曜日
暑い
朝
コウモリの糞でいっぱいの非常用口を出て
国道50号沿いに少し歩いてみる
赤城山が北側に見える
トラックの走る音が重い
五分ぐらい歩いてから
もと来た道を戻る
雑草の葉のかたちは本当にさまざまだ
歩道はほとんどない
国道脇の釜めし屋はさっきも見たが
通り過ぎてから
また引き返して
やっと気づいた
以前に一度入ったことのある店だったのだ
〈ここだったのか〉
と思っただけのことで
それ以上なんの意味のないことだが
病院に戻ってから
天笠次雄さんの「十月十三日」という詩について考え
た

天笠次雄「十月十三日」（『東国』第98号・一九九六年七月）

夏花

夕暮れになってから
歩き始めた。
国道に沿っていくぶんか坂になっている道を
ゆっくりと登る。
桑畑の脇はなぜか涼しい。
トラックの走る音は重い。
子供の頃も
こうやって歩いていたような気がする。
最初の詩人よ、
〈早く早く太陽を昇らせろ!〉*
背中にはまだ麻酔の針が残っている。
たぶん
こうやって歩いてはいけないのだろうが、
声と名と
すれ違ってばかりいて、
こうやって歩くことが必要な気がしている。
今し方みた夢が心であたたかい。

夢の中で、
以前、同じ職場にいた池田光雄さんがお見舞に来てく
　れて、
以前、私が書いた「長まる」という詩を
とても低い声で、切れ切れに朗読してくれた。
……そこに　長まって下さい　秋田の人がそういった
イントネーションがむずかしい　同じ職場の　池田光
雄さんが耳にとめた　それを　実演している　わかり
ますか　もちろんわかります　〈からだを長くのばして
　横たわる〉　家の造りも　しっかりして　ことばが湯
気のように　立ち籠めている　……ああ　秋田で　今
も生きている　泡立つ　口を出た　生の　ことば　を
耳にとめる　今夜のお宿は何処でしょう　とめたこと
ばに　とめてもらう　池田さんは友人の結婚式に行っ
たのだが　結局　その新婦の実家に　長まった　秋田

まだ秋ではないが　遠く秋がみえる　眺めると　田んぼが広がっているのがみえるではないか　ひかって池のようだ

目覚めてみると、
歩いていることじたいが夢であった。
夢から夢が剥落するように、
海水浴で焼き過ぎた私の皮膚が
剝がれて、
ベッドのまわりに落ちている。
病室には
既に妻が洗濯物を持って来てくれていて、
私の剝がれた皮に
顔をしかめている。
背中に刺した麻酔の針のところから出血して、
シャツが汚れていた。
担当医が麻酔針を抜きにくる。
夕暮れになってから
私は本当に歩き始める。
国道脇の雑草の中に
夏花がある。

*映画「黒いオルフェ」（マルセル・カミュ監督・一九五九年フランス＝ブラジル作品）より

検査から戻って

まるで内臓の一つででもあるかのように
持ち上げ
移動する
こころもち
弾んで
ちょっと見せびらかすように
待合室をぬけ
レントゲン室をくぐり

まだ少し
けだるい感じで
持ち上げ
移動する

ベッドに戻り
外出から帰った人が帽子を掛けるように
頭上の鉤に掛ける
横になり
出来事を
見る

音もなく
水滴が落ち
はねる
そこから始まる流れが
私の腕へと続く
その入口のところに

さっき逆流させてしまった血が
こびりついている

出来事

天井の鉤にひっかけられているそれは
美しい内臓のようにも思っていたが
きらめくのだ
時々
水滴が
ゆっくりと
本当にゆっくりと落ちるだけの
出来事を
真下からただ見上げている
始まりだ始まりだ始まりだ
心に叫んでいる
始まりだ始まりだ始まりだ

きらめくのだ
何千回も何万回も何億回も
数え切れないほどにくりかえされた
始まりが始まっている
始まりだ始まりだ始まりだ
源の最初の一滴のように
そこから結末までの
いくつかの場面が
高速度撮影のように
動いていくのが
見える
巨大な鳥の影が地上を覆ったり
草花が生い茂ったり
火花が散ったり
廃墟が広がったり
そういう場面が
生き物のように生まれては
滅びていくのが
見える
始まりだ始まりだ始まりだ
心は叫んでいる

ミソハギ

ミソハギの
濃い桃色の
花穂を水に浸し
流れる水に浸し
その茎や葉
がくの部分の毛を水に浸し
流れる水に浸し
その雫を供物にそそぐ
はじけ
散る
雫

ミソギハギ

太陽は建物の影からのぼり
一日が暮れるのが早い病室では
冷房(クーラー)の音が低く唸り
私たちは海底の生き物のように静かだ
海にも川が流れている
という話は本当だろうか
流れ去ったまま帰ることのない者たちよ
うっすらとした意識の岸辺で
私も私の身体の中に流れている川を実感しているのだ
流れ去ったまま帰ることのない者たちよ
私が死ねば世界は終わるとしても
あなたたちのことがあまりにいとおしいのは
どうしたことなのだろうか

頭上からのしたたり
それは透明なチューブの中での出来事だ
音のない一滴一滴が見えている
透明なチューブの中で
はじけ
散る
雫
そこから始まる水の流れ
まるで禊のような
その水の流れの中へ私は身体を置いている

午後

午後のもっとも暑いはずの時間を
冷房(クーラー)の利いた病室で
ベッドの上に横になって過ごした

退院すれば
やがて習慣の中に消えていくだろう

一つ一つのことがらを
数え挙げてみる
退院する今日になって
痛みの予感が
遠くの稲妻のように
左腹の底にみえている

それでも
いつもと同じ時間が流れ
私は
しだいにその流れからずれて
元の生活へと消えていくとして
私はそれらを忘れるのか
それとも
それらから忘れられるのか
今はまだ
真夜中の
待合室の水槽のように

私自身が
透明に光っているのが
自分でもわかる

詩集『夏が過ぎるまで』（二〇〇六年）抄

理髪店にて

何日か暴れますよ
まるで天気予報か何かのようにのんびりと
近所の理髪店の若いマスターは言う
普通の二倍は梳きましたので
落ち着くまで二、三日はかかるでしょう
もちろん髪の量が多いのは自慢だ
とはいえ、かたいのが難だ
バージン・ヘアーだと別の店で言われたこともある
同じ店に行くのが嫌なのだ
世間話をしたくない
眠ったふりをしている
本当に眠っていることもある
肩を余分に揉んでもらったりするとうれしい
店によって、それぞれ
楽しみも苦しみも違う
一度、倉賀野という町にある店に入ったとき
失礼ながら、高齢なので大丈夫かなと思った
剃刀を持つマスターの手が震えていたのだ
世間話はしたくないが
何も話しかけてくれないのも怖い
思い切って大相撲の話をしかけてみたが
返事はなかった
たった一人の客と老齢のマスターが静けさの中にいる
剃刀を持つマスターの手も震えていたが
私の心も震えていた
まるで、しゃかりきになって詩を書いている時のように
血管はどっくんどっくん波打っていたが
私はその静けさを維持した

鹿の声

夏の初めの
三泊四日の道東の旅行だった
その夏が冷夏だったと分かるのは
夏が終ってからのことだ
例によって
あまり考えもなく
夏そのままの格好で紋別空港に降り立った
一泊目の網走ではまだ大丈夫だった
二泊目の知床あたりから少々あやしくなる
観光遊覧船で冷たい風に当たったのがよくなかったの
　かもしれない
三日目、知床峠を越える時が最悪だった
これも、のちの記念写真によって
霧にまかれた峠で
ふるえる私の隣りの妻が元気な笑顔を見せていたのを
　知る
ただ風邪をひいただけのことなのだが
実は右肩も痛かったのだ
特に咳がひどくなるに連れて
右肩から右上腕部のあたりが痛んだ
しみるような
せつない痛みで
三泊目の釧路では
夕食も満足にとれないほどになった
五十歳の人には四十肩といい
六十歳の人には五十肩という
あれだ
病院へ行く決意をするまでに一ヵ月かかり
それから二ヵ月程経て、なんとか痛みがやわらいでき
　たが
本当に寒くなってきた、ある朝
ふいに、頭に知床五湖で見た鹿の姿が浮かんだ
通勤の車のラジオの向こうから

鹿の声が聞こえてきたのだ
その、しみるような悲しい鳴き声が
まるで私の肩の痛みそのもののように思われた

エレクトリカル・パレード

やっぱりシートは必要だったろう
確か英語のことわざで
〝R〟の付く月は地べたに座ってはいけない
というのがあったはずだが
もう一時間前だから
そろそろ
地べたに座らざるを得ない
係員は
くりかえしくりかえし注意して回っている
お揃いのしゃれたコートを着た人たちが何度も廻って
いる
一時間前までは座らないでください
それまでは
狙いどころを定めて
歩くような
佇むような
お互いに顔を見合って
牽制し合って
待つ
妻を待つ夫たちがまるで母親にはぐれた子供のように
うつろに待つ
十一月末の寒い、日ざしのない
いかにもダラダラとした
私の散文的な詩のように
世界からはぐれている
のっぺりとした日
捕虜収容所の夕暮れ時はこんな感じかもしれない
科学技術とお菓子や魔法の間でくたびれ果てた私の貧
しい詩よ

パレードが待ち遠しい

遊神の湯（新治村）

露天風呂に入ったところで
村の放送が始まった
「……のハガキが来ても
　……無視してください
　もしくは、消費者センターへ……」
冷夏の後の
ぶり返した夏のような、九月のある日の夕暮れ
車でやって来た日帰り温泉でのことだ
とぎれとぎれにしか聞こえないのだが
朗々として声は気持ち良いし
内容は知っているので
とぎれとぎれでも分かる
たっぷりとした湯もやはり気持ち良い

私のところにも
実は同じ、思い当たることのない督促のハガキが来た
　のだ
弱みにつけ込もうとする嫌なハガキを
自宅の郵便受けで見たときは
心の中で蛇がとぐろを巻くような感じがしたものだが
今
こうして露天風呂に入りながら
村の放送を
ぼんやり聞いていると
特別な眺めなどない
あたりまえな村の夕暮れの中
あたたかさだけが感じられて
朗々とした声が
湯気の上を
まるで見えるように
響いてくる

詩論・エッセイ

『現代詩における大橋政人』（二〇〇三年）抄

詩の技術について

　もんだいをどこから始めればよいだろうか。詩の技術について論じたいのである。大橋政人の詩の特色を論ずることを通して、もんだいを一般的な詩の作法へ、解放というより、開放したいのである。それは詩の形式についても考えることになるわけだが、そこに本質論が絡まってしまって、うまくさばけない。やはり手近なところから始めるしかないだろう。

　大橋政人の詩は、はなはだ散文的だとまず言ってみることができる。文法的にきちんとしていて、飛躍が少ない。肯定的であるがゆえに単調である。だからといって、そこに〈詩〉的な技法がないわけではない。行分けがあり、連構成を整え、さらに〈詩〉にあらがっている。つまり、彼は充分に〈詩〉に意識的なのである。

　たとえば、こんな作品がある。

蓄え癖のある犬が
カイヅカイブキの根元から
古い魚を掘り出してくる

そのように……

いや
それだけでいい

魚
犬
青空
いま私に見えてくるこの現在のほかに
それを比喩としてまで掘り起こすべき
どんな世界が必要なのか

私は

比喩にされつづけたもののために生きよう

（「現在」全行）

第一詩集『ノノヒロ』（一九八二年）の中の一篇である。作者の意図は明快であろう。実生活や人生の重みに改めて直面して、ことばにつまづいているのである。結末部の「私は／比喩にされつづけたもののために生きよう」という決意は、作者の思いをよく伝えているが、それはそれだけのことでしかない。だれもことばから逃れることなど出来はしない。本当の意味でそうしたいのなら、詩を捨ててアフリカへでも行くしかないだろう。自明の理だ。にもかかわらず、作者が叫んでいるのは、自らの〈詩〉を〈詩〉から開放したがっているからであろう。〈詩〉へのあらがいである。

第二連で、作者は「そのように……」と思わず書いて、はたと立ちどまってしまう。もちろん、これは作品上のフィクションであるにせよ、私たちが詩を書く場合、そこにどれほどのものが自然と絡まってくるのかが示されている。作者は〈詩〉にあらがい、比喩するものと比喩されるものとの関係で、ことばが浮いてしまうのに堪えきれず、比喩するものと比喩されるものとの関係を転倒させることで、一篇を駆け抜けている。

ことばはことばであることの宿命から、繰り返し繰りリアリティーを求め続ける。と同時に、同じ理由で架空へ向かって羽ばたくのである。大橋政人の詩もまた、その矛盾として生きるしかないのも当然のことである。

無理な姿勢から
真理に近づこうとした人たちの本を読んで

そのあと
推理のための本を読んで
お茶を飲んで
寝てしまった

長編小説は長過ぎるし
短編小説は短過ぎる

最近は
無理をしない

（「読書」全行）

散文的な作品から、〈詩〉が羽ばたこうとする場合の技法の一つは、こういうものだ。昔、吉本隆明が『修辞的な現在』で、これとよく似た例を挙げ、「現在修辞的な発条として多用されているものの一部」と指摘した。『修辞的な現在』が収録されている『戦後詩史論』が一九七八年九月発行だから、それから二十年近くが経とうとしている現在、そんなことをことさらに言うのも新味はないが、仕方なかろう。吉本隆明は、菅谷規矩雄や天沢退二郎、平出隆の詩句を例として引用し、「これら同音や類音に係けられた言葉は任意の詩行とつぎにやってくる詩行とのあいだの、任意の言葉とつぎにやってくる言葉の誘発剤になっている」としている。吉本隆明が示している例の、ごく一部を一応見ておこう。

《しきたりの敷石にきしる鋭敏な
《忘却の充満する季節の木箱
《まず　口紅から溶かす水のざわめき
　つぎ　耳を溶かす水のときめき
《事物のかげの呪物の森が
《花嫁を読め

（平出隆「花嫁皿」）

「イメージの途切れは音韻の同一と類縁によって代用させることができる」わけだし、「言葉が同意によってからかわれている、遊びになっているとみてもよい」わけである。吉本隆明は、このあと、もんだいを古今集時代まで戻し、ことばそれじたいがそういう展開をせざるを得ない必然について論じている。

もっとも、大橋政人の作品は、吉本隆明が引用している例に比べると、イメージの飛躍が少ない感じがする。実際のところ、大橋政人の作品の場合、こうした技法はほとんど使われていない。むしろ、この「読書」という作品で印象的なのは、「音韻の同一と類縁」よりも、一連が二行で構成されていることや、たとえば「長編小説は長過ぎる」と「短編小説は短過ぎる」というような対句的用法の方である。さらに、単純に量的なもんだいから言うと、「音韻の同一」どころでなく、同一語のくりかえしの方を大橋政人は多用するのである。

考えもんだけれど
考えれば　（「前置き」）

笠村歯科医院の
笠村先生は無類の話し好きだ　（「忘れられている」）

充実した一日だった。
充実していたので疲れてしまった　（「二つの日曜日」）

花のあとさき
花をくり返す　（「コブシ」）

雨せいだ
雨に濡れて　（「瑣事」）

いつかは会えると思いながら
いつのまにか会えなくなってしまった友よ　（「雨Ⅰ」）

人が
人に到る　（「雨Ⅱ」）

空間を渡るのに
空間を意識することが多いこの頃は　（「雨Ⅱ」）

空が澄みすぎると
空の奥の天界まで見えるようで　（「秋のひかり」）

うつむいて歩いてくる
うつむいているのだから　（「秋のひかり」）

犬が草を噛んでいる
犬が草を食べることもあるんだ　（「秋のひかり」）

もっと小さい空間だから
もっとかわいそうだ　（「犬は一日中」）

その前の人のこと
そのときの空の色のこと　（「犬は一日中」）

土の中に
土を入れて　（「儀式」）

言葉は
言葉のまま
肉体は
肉体のまま　（「土」）

手を離そうとすると
手にねばついてくる気配があって　（「水を止める」）

水を見て
水がなかったことを確認してから　（「水を止める」）

新しい会計年度が
新しい時間に重なって　（「元旦」）

以上は、すべて詩集『ノノヒロ』からの引用である。いずれも同一語が次の行の冒頭にある場合のみ引いた。たとえば、「が差し迫った問題であるにしても／差し迫って

いるだけで」(「前置き」)というような例は除いたという
ことである。同様に、第二詩集『昼あそび』(一九八六年)
からも引用してみよう。

硝子戸を閉めて
硝子戸の中　　　(「春」)

力が抜けていくが
力のない　　　(「春」)

言葉に飽きず
言葉を　　　(「米を食べる人」)

一部を改正する条例の
一部を改正する条例の
一部を改正する条例案を朗々と読み上げる人だ
(「米を食べる人」)

休日は
休日の底に沈んで　　　(「昼あそび」)

休日の日は
休日の輪郭が濁らないようにしている
(「昼あそび」)

その子犬と
そのまた子犬と　　　(「犬の顔も見たくない日」)

犬の顔も見たくない日は
犬の話も聞きたくないのである

散歩を休んだ次の日は
散歩のコースを　　　(「犬の顔も見たくない日」)

用務員の坂内さんの仕事であるから
用務員の坂内さんに何の落ち度もないのである
(「ネジバナ騒動」)

ひそかな楽しみであったが
ひそかな楽しみは　（「ネジバナ騒動」）

そのほかに小石も撥ね飛ばしたらしく
そのために窓ガラスが割れて
その後片付けを怠った掃除のおばさんと　（「ネジバナ騒動」）

色事のことは
色事根問　（「根問（ねとい）」）

おや　また行き会いましたね
おや　まだ生きていましたね　（「お元気ですか」）

家に帰るのが楽しみで
家を出ていく日もあるくらいだから　（「お元気ですか」）

犬をすすめると
「犬は死ぬんでネエ」　（「犬は死ぬ」）

犬の忌引きやら
犬の埋葬などに　（「犬は死ぬ」）

犬は死ぬのだという
犬が死ねば　（「犬は死ぬ」）

太陽より先に起きて
太陽が出るのを待っていると　（「太陽に勝つ」）

私と
私の妻と　（「暗夜に霜の降る如く」）

これがパーフォレーション
これがスプロケット　（「暗夜に霜の降る如く」）

途切れれば
途切れたで　　（「縁側」）

それ以外はなかった。
それ以外はあり得ないのだと　　（「縁側」）

詩集『ノノヒロ』では、全33篇中十三篇、また、詩集『昼あそび』では、全21篇中十一篇に用例がある。大橋政人は、現在までに五冊の詩集（ここでは『付録』を一応除外する）を上梓しているが、同一語のくりかえしは、詩集『ノノヒロ』と詩集『昼あそび』以外ではほとんど用いられない技法である。これはなんだろう。大橋政人はなにをしようとしていたのだろうか。
　詩集『昼あそび』から幾篇か読んでみる。

外猫も
内猫も
冬の間に迷い込んで来て
いつの間にか
居付いてしまった犬も
気持ちよさそうに眠っている
顔を見ながら
話すのに疲れると
人は
縁側に横になる
硝子戸を閉めて
硝子戸の中
空が目に入ってくると
身体から途端に
力が抜けていくが
力のない
言葉で
話していく　　（「春」全行）

一種の題詠であろうが、対句的用法の書き出しから初めて、まるで小津安二郎の映画のように端正で、強い構成意識で全体が貫かれている。「外猫」も「内猫」も、それぞれに真正面からクローズアップされているような書きっぷりだ。「内」と「外」の間にあるのは「硝子戸」であるし、私自身の「内」と「外」ということで考えれば、「力のない／言葉」は、まるで「硝子戸」のように透明になっていくのだと言うこともできるかもしれない。作者はすべてを受け入れているのである。

「外猫も内猫も気持ちよさそうに眠っている」という一文と、「冬の間に迷い込んで来て、いつの間にか居付いてしまった犬も、気持ちよさそうに眠っている」という一文を重ね、対句的に行分けし、一文を終止させないで、次の行へ軽く流している。六行目と七行目の間には断層がないではないが、「……眠っている顔を見ながら」と続けて読むこともできる。「眠っている」と「縁側に横になる」も同一のイメージである。十行目の「縁側」から、十一行目の「硝子戸」へは自然の展開であろう。ただ十一行目、もしくは十二行目のどちらか一行はなくても意味的にもんだいがない。それをあえて書き加えているわけだから、これは一種の強調とでも考えればいいだろうか。ところが、十五行目の「力」と、十六行目の「力」との間には本質的な違いがある。「力」という言葉の抽象度に差がある。「力」の質の違いを、同一語で飛んでみせている。いや、それがけっして強い自己主張にならぬように抑制しているといった方がいいだろうか。「力のない／言葉で／話していく」という結末部の裏側で鳴っている旋律は、「差し迫っているだけで／問題が重要に見えるということもあるものだ」(「前置き」)や、「私は無理由で生きる練習をするのだ」(「秋のひかり」)という、観念的なものに対する強い抵抗感であろう。主題が隠されている。その意味では、十五行目まではすべて、まるで序詞のようにさえみえる。

安積山(あさかやま)影さへ見ゆる山の井の浅き心をわが思はなくに

(万葉集・十六)

佐保川に凍りわたれる薄ら氷の薄き心をわが思はなくに　（万葉集・二〇）

駿河なる宇津の山べのうつつにも夢にも人に逢はぬなりけり　（伊勢物語九）

風吹けば沖つ白浪たつた山夜半にや君がひとりこゆらむ　（伊勢物語二三）

引用した二首の万葉歌の場合は、「浅き」と「薄き」の部分で、叙景が大きく方向転換して内面描写になっている。伊勢物語から引用した二首の場合も、叙景から内面描写へという点ではまったく同様だが、主眼は「音」である。「音」が意識化されている。

「風吹けば……」の場合は、「白浪が立つ」と「立田山」とが掛詞として重ねられているが、「駿河なる……」の場合は、「宇津の山べ」から「うつつ」（現実）が間を置いて呼び起こされている。

これらの伊勢物語歌から、『修辞的な現在』において吉本隆明が引用している、古今集歌の「同音と類音の誘発性、異質のイメージの並列化」などの例への展開は、今一歩であろう。ここでは、ことさらにそれらの例を挙げはしないが、そういう伊勢物語歌や古今集歌の例と比べると、万葉集歌の例はいかにも素朴にみえる。同様に平出隆の作品に比べると、大橋政人の作品もやはり素朴にみえることだろう。万葉集歌の「浅き」や「薄き」を行分けして、二度書きしているようなスタイルを大橋政人はとっていると言ってもいい。

「春」の十五行目までは、もちろん序詞ではない。それは万葉集歌や伊勢物語歌の序詞が、そう呼ぶよりも、その時代において、より実質的な実体であったように序詞などではない。「……山の井が浅いように浅い心で」とか、「薄氷が薄いように薄い心で」とか、格助詞の「の」は連用格で「……ように」と訳すのは、後の世の解釈と言った方がよいであろう。両者は「の」で強く結びつけられているが、大橋政人の詩のように、「浅い山の井／浅い心」とか、「薄い氷／薄い心」とかいうように、行分けして意識されていたかもしれない。また、引用した伊勢物語歌の場合の訳は、人によっては「……ではないが」というように、肯定とも否定ともつかな軽い接続の意味を持つ「が」を使用する場合があるが、「春」の十五行目の「が」は、それと同じような、ささやかな方向転換のための役割を持っているようにみえる。

一つの断層を示すとともに、両者をつなげてもいる。方向転換をし、いくぶん強調し、場合によっては比喩するものと比喩されるものとの関係を抑制するために、このレトリックは用いられている。

先ほどの「私は／比喩にされつづけたもののために生きよう」という主張にそって考えるなら、比喩するものと比喩されるものの関係は同等であり、言い換えれば、それらは互いに比喩ではないということである。大橋政人の詩の中で対句的な用法が多用されているのは、大橋政人の比喩に対する抵抗感ゆえであるかもしれない。大橋政人の〈詩〉に対するあらがいの一つであるかもしれない。まず、そのことについて考え、それからまた、同一語のくりかえしのもんだいにもどりたい。

雨のあとで
ナスの葉の
質素な緑と紫が美しい

もつれ合いながら
二匹の野良犬が
遠ざかっていく平野には
植物の好きな老人が多い

老人は
植物とともに
雨を喜ぶ

（「雨のあとで」部分）

「ナスの葉」が美しいのは近景であり、「二匹の野良犬」が遠ざかっていくのにしたがって、空間の広がりが自然に描写される。「植物の好きな老人が多い」という詩句はなんの変哲もないのだが、「平野」にいきなり「植物の好きな老人」が出現することに、軽いとまどいを憶える。「春」にしても、「雨のあとで」にしても、肯定的で散文的であるのに、全体のバランスが微妙にくずされているようにみえる。

最終連は、よく考えると異様である。裏がえして言えば、異様であるから面白いということである。「老人は植物とともに雨を喜ぶ」という一文に直して読んでみるとき、その異様さははっきりとする。なぜ老人は雨を喜ぶのか。植物が雨を喜ぶのはわかるとしても、老人が「植物とともに」雨を喜ぶ理由はわからない。大橋政人の読者なら、たとえば「衰弱」という作品の中で、年齢とともに興味の対象が人間から動物へ、動物から植物へ、植物から石へ変遷していく話があるので、そのことであろうかと想像するかも知れない。「老人」と「植物」には関連がある。しかし、この詩を初めて読む人はどんな風に読むだろうか。つまらぬ仮定だが、「老人は植物のように雨を喜ぶ」というように頭の中で解釈しているのではないだろうか。意味はわかりやすくなるが、もちろん詩の価値は半減する。「比喩にされつづけたもののために」と考えている作者が、そんな風に考えるはずもあるまい。だから、「とともに」ということばで、「老人」と「植物」とが対等の関係になる必然性がそこにある。さらに、そのこととの関係で述語も独立して、三行の行分けはこれ以外にはない姿をそこに現わす。表現論としてみるなら、「とともに」と書いた作者の手柄についてあれこれ言うことになるだろうと思う。だが、作品の現場ということで考えるなら、まず比喩に対する、この作者固有のあらがいがあって、それを避けようとして、その二つを対句的に扱う過程で、まるで比喩の代用のように結果として「とともに」ということばが選ばれることになったのではないか、というように想像される。それほどに「老人」と「植物」とは鋭く対立している。もしくは、微妙にバランスがくずされている。作者の頭の中では「老人」と「植物」とは類語だという思いが一方にあるかもしれないが、

西の方から歩いて来る老人と
垣外で立ち話をするのが
私の朝のはじまり
よくわからないけど
結構おもしろい直喩じゃないですか
と答えておいた

（「立ち話」全行）

これは「雨のあとで」とは、作品構造をまったく逆にした作品である。作品の裏話そのものを作品化したようなものである。「老人」と「猫」との対句的関係そのものを、ゆったりとした小話にしている。「老人」と「猫」との間の断層を、「結構おもしろい直喩じゃないですか」とする「私」の答えは、「雨のあとで」についての私の分析もまんざらでもなかったことを証明してくれているのではないだろうか。実際のところ、比喩から逃れることなど簡単に出来はしない。『昼あそび』の中でも、「小さい旅」や「用向き」、「夏の大三角」その他のいくつもの作品で、大橋政人はごくごくあたりまえの直喩をケレン味

「老人は」という一行と次の一行との間には、思いの外に深い断層があるようにもみえる。このもんだいは同一語のくりかえしと遠い彼方でつながっているかもしれない。

嫁は
ワシのことを
猫に例えるんだが
どうだろうか
とその老人は言う
その一つの理由は
ワシの行動半径が五百メートル以内であること
もう一つの理由は
これは嫁の言葉を借りて言うと
「ったく！
猫とおんなじで
呼んでもすぐ来たためしがないんだから」
という調子だ
毎朝

なく使っているのである。ちなみに言うと、『ノノヒロ』には直喩がほとんどみられない。さらに、あろうことか「暗夜に霜の降る如く」では、題名にもあるとおり、比喩そのものが題材となっているのである。もちろん、私はそれを半分は冗談として言っているのである。第一、カメラの「シャッターは息を殺して／静かに、静かに―」という「私」のことばに対して、「つまり、暗夜に霜の降る如く―かな？」という「義父」のことばは、それが比喩であることそれじたいでなく、その古風な度合い、その典雅さが鋭く突出していることがもんだいであるのだろうから。

大橋政人が一方で比喩に対して抵抗感をもちながら、その一方で比喩を使うことには、重なるもんだいと重ならないもんだいがある。そのことをうまくさばけない。旧来の〈詩〉に対するあらがいとして――つまり、理念として言っていることと、詩の個別の部分でそれぞれの個別の事情を持っていることを、同一次元では整理しがたい。が、少なくても比喩に対する抵抗感が、私の言うところの対句的用法をささえているようだということだけは、くりかえし指摘しておきたい。もう一度、同一語のくりかえしについて考えることにする。

爪を切ったり
住所録を整理したり
休日は
休日の底に沈んで
空気を濁さないようにしている
「広報かさかけ」にドンコ穴をあけたり
小さな事件を
丹念に予定表に書き込んでみたり

（「昼あそび」部分）

まず傍線部を除いて読んでみたらどうだろうか。そこには休日の、具体的な細部が「たり」で並んでいるだけである。傍線部が、それらの暗喩のような役割を果たしていることは見やすい。爪を切ることも、住所録を整理することも、私自身の心を平安にするための行為なのだということが示されている。ことばの平明さで目立たないように見せているが、表現としての段差は激しいといっていい。その段差が見かけ以上にきつくないのは、「休日」という同一語のくりかえしがあるからだ。そのことはもはや説明の必要がないだろう。三行目の「休日は」と次の行との間には深い断層がありながら、ことばはさらりと流れていく様子がみられる。作品全体としても厚みをかくとくしている。

退職校長の
田野倉先生は
今朝から余計に肩を落としているのだが
芝生をきれいに刈り上げるのが
用務員の坂内さんの仕事であるから
用務員の坂内さんに何の落ち度もないのである
こんな町中の
公共施設の花壇の中に
忍ぶもじずり誰故にの
あのヒョロヒョロしたモジズリ草を見つけたのは
退職校長の
田野倉先生の
ひそかな楽しみであったが
ひそかな楽しみは
切られても文句は言えないのである

（「ネジバナ騒動」部分）

引用した四、五行目の傍線部を除いて読むと、意味は一方向に流れるはずである。傍線部分は条件節だが、田野倉先生の話に、いきなり坂内さんの話を割り込ませて、作品を読みずらくさせている。意識的に混乱を引き起こすことで、この「騒動」の混乱をなぞっているともいえるし、〈詩〉それじたいが本来的に混乱を要求しているともいえる。それは、私たちが説明しようのない異和や了解の前で立ちどまるのと同じように、〈詩〉は私たちを立ちどまらせたいからであろう。先ほどの暗喩とは違うが、表現を二重にして厚みをもたらしている。田野倉先生と坂内さんの人物像がどこかユーモラスなので、この世界は、まるでつげ義春の「長八の宿」とか「ほんやら洞のべんさん」といった作品を思い浮かばせる。私の好きな一篇である。引用部の最後の二行は決して暗喩そのものというわけではないが、一つの真理のようにも聞こえる。「ひそやかな楽しみであったが」という一行は、田野倉先生の具体的な「モジズリ草」を指し示しているが、次の行の「ひそやかな楽しみ」は、もはや公共の場に引き摺り出され、一般化されている。「ひそやかな楽しみ」など、そもそも許されないのであるというように聞こえる。そこで改めて田野倉先生が退職していることを思い合わせると、「モジズリ草」は田野倉先生自身の比喩のようにもみえてくる。本来は恋歌であり、あなた以外の誰のために心が乱れようとしているか、という場合の「あなた」が、ここでは坂内さんを示しているようにも読める。そんな風に構成し、その田野倉先生の生真面目さや不器用さが、さらに「モジズリ草」のイメージに重ねられる。

用務員の坂内さんの電動芝刈機は
そのほかに小石も撥ね飛ばしたらしく
そのために窓ガラスが割れて
その後片付けを怠った掃除のおばさんと
それで手を切ったという管理人がいさかいを始める
し
第一原因者である
用務員の坂内さんは
煙草を吸いながら
さっきから笑ってばかりいるし
ある晴れた初夏の午前
私はお茶を入れ直し
通称ネジバナ
忍ぶもじずり誰故にの
あのヒョロヒョロした薄桃色の花の可憐さについて
退職校長の田野倉先生から
約一時間ご高説を承ったのである

（「ネジバナ騒動」部分）

これで「ネジバナ騒動」の全行を引いたことになる。混乱がさらに広がる様子も愉快だし、坂内さんの高笑いと田野倉先生の「可憐さ」（！）の対比もよく利いている。「ヒョロヒョロした」という形容のくりかえしも細かな芸で、くりかえしという技法の捨てがたさに今さらながら思い至る。ひょっとしたら、田野倉先生の頭髪は少し薄いのかもしれない。

背中を丸め
寒い人生しかなかった
それ以外はなかった
それ以外はあり得ないのだと
いくつもの事例を出して
二人の老女が確認し合っているのだが

（「縁側」部分）

これなどは軽い屈折を示しているだけだ。「それ以外はなかった」という否定的な感想が、「それ以外はあり得ない」のだからそれでよい、という居直りのような肯定へ歩み出す場面である。

正直な話、同一語のくりかえしの例をいちいち検討してみると、右の「縁側」のような軽い屈折を示すものや、特別な意味づけを必要としない例がほとんどである。しかしだからといって、そのことが、私がこれまで指摘したことの反証にはならない。なぜなら、特別な理由もなく、まるで慣習のように同一語をくりかえし、発語することじたいが特異なことだからだ。その発語の裏側でつまづいているものや、あらがっているものがあるからこそ、大橋政人は思わず同一語をくりかえすことになるのではないか。同一語をくりかえすという行為が場面においてなんらかの意味をもつ用例の場合でも、その背後に、さらに大きく広がるものの方へ目を向けるべきではないのだろうか。それは詩集全体を静的なものではなく、一つの生成過程としてとらえてみるということでもある。

詩集『付録』の中に「もとい」ということにこだわる作品があるが（詩集『泣き田んぼ』に再録）、それなども、大橋政人の発語の特色を考える一つの材料になるかもしれない。

　吉本隆明は「イメージの途切れは音韻の同一と類縁によって代用させることができる」と書いているが、もう少し現場の感覚で言うと、飛び越せないような断層を飛ぶための――あるいは、見ることができない一行先へ進むための技法の一つとして、それはあったということだろう。言ってみるなら、それは技法ともいえない、なにかカンのようなものだといってもいい。だから、同一語のくりかえしという結果それじたいがもんだいなのではなく、そういう風に発語せざるをえない点こそがもんだいなのである。当然のこととして、同一語のくりかえしのもんだいは詩集全体の中へ溶け込んでいる。

米を
食べている人が
市役所の階段をゆっくりと昇ってくる」①
米を食べているから
足どりもゆったりとして
声も広々としている」②
窓際の切り花に
砂糖水をやっている女子職員に
軽い声で
声をかけたり
復命書に目を落としたりしているのだが
米の御飯を食べているので
朝から
腹もできている」③
色えんぴつや消しゴムなど
前渡物品の
一つひとつをいとおしみ
議会でも
言葉に飽きず
言葉を

と同じように「言葉」を無駄づかいしないわけである。そして、「色えんぴつや消ゴム」という具体から、「言葉」という抽象へ詩的にジャンプするための〈詩〉的な技法として、「議会でも／言葉に飽きず」を挿入しているわけであろう。しかし、それはただ挿入されているだけではなく、話題を次の「条例案を朗々と読み上げる」ことへ渡すための布石でもあるわけだから、逆に「言葉／を無駄づかいせず」の方を挿入句としてとらえることもできる。正面から見た顔と横から見た顔を同一画面上に構成してしまう、例のピカソの絵のようなものだ。「ネジバナ騒動」と同じである。とはいえ、現場の感覚では、そんな風に立体的に考えるのではなく、たぶん平面的な同一語のくりかえしとしてしか意識されていないのではないか。

二十四行目の「一部を改正する条例の」の例は、なかなか複雑な構造になっている。意味だけをたどれば、「桐生市職員給与条例の」「一部を改正する条例」「案を朗々と読み上げる」ということだ。二十四行目が「条例」で

無駄づかいせず
桐生市職員給与条例の
一部を改正する条例の
一部を改正する条例の
一部を改正する条例案を朗々と読み上げる人だ」④
タバコを吸わないから
顔も白く
身体も透き通っている」⑤
ときどき
歩いてくる身体の向こうから
清潔な青い稲穂
香ばしい黄色い稲穂が
漂ってくることもある」⑥　（「米を食べる人」全行）

二十行目の「言葉を」では、ささやかな方向転換をしているといえばいえるし、混乱を意図しているといえばいえる。「議会でも／言葉に飽きず」の部分を除けば、意味は一方向に流れる。そこでは「色えんぴつや消ゴム」

あり、二十五行目はその「案」だから、二十四行目と二十五行目のくりかえしは単純なくりかえしである。いわゆる同一語のくりかえしは、二十三行目と二十四行目であり、断層はその間にある。が、その役割がよく見えない。方向転換もしていないし、意味の流れも一方向にしか流れていない。具体から抽象へのジャンプもしていないし、対句的用法でもない。比喩の代わりのように同一語のくりかえしが使われているわけでもなさそうだし、暗喩のようにも見えない。強調といえば強調かもしれない、という程度の判断しか思いつかない。

……しばらく、ぼんやりこの作品を眺めていると、「人」ということばが気になり始める。この作品の中では二回しか——いや、二回も使われていることばである。よく考えてみれば、「米を食べている人が市役所の階段をゆっくりと昇ってくる」という冒頭は、意表をつく。いいことなのか、わるいことなのかは別として、特殊な人がやって来たという雰囲気が漂う。ふざけて言えば、「犬を食べている人が市役所の階段をゆっくりと昇ってくる」とか、「マリファナを吸っている人が市役所の階段をゆっくりと昇ってくる」とかいう程度の衝撃はある。もちろん、そういうことなら衝撃はほんの一瞬である。「米を食べている人」の方は、しだいにその異様さを増してくる。もっとも実際は、「米を／食べている人が」というように行分けされているので、異様さは目立つことがない。「米」を「食べている」ことはあまりに平凡なことがらだからである。「米を食べている人」がなにかの暗喩であることにはすぐ気づくのだが、日常的な語で構成されているために、その異様さになかなか思い至らないのである。肯定的な描き方が異様さを抑えている。

たとえば、とりあえず米田さん（なんという安易な発想だろう！）が、市役所の階段を昇ってきたで充分である。「ゆっくりと」とか、「ゆったりと」、「広々と」という風に形容されるから、そういう人物なのであろう。女子職員に声をかけたりする余裕もあるし、復命書を見たり、仕事もしているようだ。事務用品も大切にして、議会で条例案を読んだりするくらいだから、課長とか局長とか、それなりの地位を持っているようでもある。作者というか、語り手の、米田さん（！）に対する親しみはよく示されている。

だがしかし、そういうことだったら、この人物についてのエピソードでも聞かせてもらった方が、その人物像はより明確になることだろう。〈詩〉である必要はない。これが〈詩〉以外のなにものでもなく、さらにそのことによって、この人物の人間としての輪郭を浮かびあがらせるために、実は二十五行目の「人」が用意されているように思われるのである。十五行目から二十五行目にみられる「人」が、つまり「米を食べている人」であるのである。どちらがどちらを比喩するとか、されるとかいうことではなく、もはやそれは対句的というようにも呼べないが、互いに関係し合っている。

さらに見てみると、全体は六つの意味段落に分けられているが、①、②、③、⑤の各段落の冒頭部分に、それぞれ条件節のような役割を持っている詩句が来ていることがわかる。①段落の「米を／食べているが」というのは暗喩だから特別として、②段落は「米を食べているから」、③段落は「米の御飯を食べているので」、⑤段落は「タバコを吸わないから」という風になっている。「タバコ」は「米」の対義語として使用されているのであろう。いずれにしても意味の断層部分で、同一語のくりかえしのように「米」が使われている。④段落では、その「米」がない代わりに、同一語のくりかえしがあり、二十五行目の「人」で、大きく冒頭の「米を／食べている人」へイメージを投げ返している。ここに至ってやっと、二十四行目の「一部を改正する条例の」の同一語のくりかえしの意味がいくらかわかるような気がしてくる。

各段落の条件節がそれぞれ暗喩的であるのと同様に、二十四行目の「一部を改正する条例の」もやはり暗喩的な役割を担っているようにみえる。大橋政人はそこで、飛び越せないような断層を飛び、見ることができない一行先へ、一歩、足を踏み出すことができたのではないだろうか。それらの積み重ねの上に、美しい⑥段落がやっと〈詩〉として開示されている。つまり、同一語のくりかえしというのは、そういう技法なのではないだろうか。
見たかったのは、散文的で肯定的にみえる大橋政人の〈詩〉に隠されている技術であり、〈詩〉的な技法である。一見、なんらの技術も技法もないようにみえる部分にも、詩集全体の、一つの生成過程における運動が認められるように思う。こういう点に、時代と渡り合うようなことばの戦いを認めるべきなのではないだろうか。以前、私は、こういう大橋政人の力わざを、スローボールを力いっぱいに投げるようだと評したのである。

閉ざされた回路

伊藤信吉によれば、萩原朔太郎の郷土望景詩が「郷土〈風物〉詩から、激越の情を中心主題とする作品群へ」転換したのは、作品「公園の椅子」だという。

《「さびしき椅子に『復讐』の文字を刻みたり」と言ったこの作品にいたって、一挙に郷土〈望景〉詩の構想が凝縮した。このとき家庭環境を包括した意味での郷土への思いが、ほとんど爆発的に、人生的な怒りとなって衝きあげた。永く鬱屈していた感情が、一挙に爆発点へ駈けのぼった。「いかんぞ　いかんぞ思惟をかへさん」(「小出新道」)「ああ故郷にありてゆかず　塩のごとくにしみる憂患の痛みをつくせり。」(「大渡橋」)という激越の情が、胸底から迸り出たのである。》*

この「人生的な怒り」は、現実的な諸関係を越えている。ふいに自らの生存の根源に触れて、「主観」のままに哮り狂っているという風である。

《前橋在住時に『月に吠える』初版・再版を刊行し、『青猫』『蝶を夢む』を刊行し、『純情小曲集』の編集を完了し、『萩原朔太郎詩集』(『青猫』以後の作品を含む)収録作品を発表したことは、朔太郎の詩的生涯にとって何を意味したか。それは単に詩的生涯の前半期の仕事が完了したということでなく、詩における、浪曼的情操における、孤独・憂愁・倦怠の心理における、すべての近代的なものの表現が終了したことに他ならなかった。つまり、わが国における近代的心理の詩的表現は、前橋という「田舎」に住む「土臭い近代主義者」によって、もっとも微妙におこなわれた。「土臭い近代主義者」朔太郎にとって、前橋という「田舎」は決定的に重要な場所だったのである。》*

そこに、前橋の「地誌」を伊藤信吉が描く意味が生まれる。地名が血肉化していく必然性がある。

そういう郷土望景詩と、一九九〇年発行の大橋政人の第三詩集『キヨシ君の励ましによって私は生きる』（以下、『キヨシ君……』と略称）とを比較するのは少し酷かもしれない。

たとえば、「足仲団地内鳥井酒店」「竹沢界隈のスナック」「県道大間々・足尾線」「国道五十号」「本町通り」といった個有名詞群から浮かび上がってくるのは、なんとも無表情なモノトーンの世界である。同じ北関東の荒れた土地を描くのなら、映画『遠雷』の、団地脇に広がるビニールハウスのトマト栽培の風景の方に、より切実さを感じてしまう。どういうわけか、詩集『キヨシ君……』における大橋政人は「元気がない」のである。ただ、『キヨシ君……』において大橋政人が「元気がない」ことは、やはり現実的な諸関係を越えているように思う。もっともそれは、萩原朔太郎が「永く鬱屈していた感情が、一挙に爆発点へ駈けのぼった」のとは逆に、一挙に収縮するという違いはあるものの。

アヤちゃんが
お母さんを従えてエンコラエンコラ
精一杯持ってきた回覧板だから
おじさん（四十二歳）も
がんばってもっていく
おじさんは
生きていて

生きていることで精一杯
それ以外に
確実にできることと言ったら
このくらいのことかもしれないのです

（「エンコラエンコラ」部分）

かつて「私は無理由で生きる練習をするのだ」とか、「最近は／無理をしない」とか主張していた作者が、ここまで収縮し、退嬰してしまっているのである。「アヤちゃん（二歳）」との関係において、「私」が確実に触れることができるのは「このくらい」の場所でしかないということだろう。作品としては、「アヤちゃん」に向けて発語されている〝語りの枠組み〟を外してしまえば、なんとも無残なことばが残るだけだ。私は決してこの作者の人間性を疑うものではない。しかし、ここにあるのは「ろどんの詩」ではなく、「ろどん」を装っている詩ではないのだろうか。「確実にできる」ことを考えるよりは、「私はいつまでも忘れられている」方が、〈詩〉としてはよほど健全である。これはスローボールでもなんでもなく、ただの力のない球である。回覧板はただスピーディにまわしてくれればそれでよいのだ。これは、「公園の椅子」のなかの、「苦しみの叫びは心臓を破裂せり」という「語法のゴリ押し」（伊藤信吉）に匹敵するぐらいのゴリ押しである。ベクトルが正反対であるにせよ、「激越の情」は極まっている。大橋政人はどうしてしまったのであろうか。

「余生」という「芳しい言葉」の響きにひかれて、「遠くまで歩いていく」ためには、それなりの方法が必要だろう。右の「エンコラエンコラ」という作品では、ことばが「激越の情」を盛るだけの器になっていないので、「生きていることで精一杯」という一行が、はなはだ薄っぺらにしか見えない。だが、もんだいであるのは、そういう個別の作品評価ではなく、むしろ作者が追いつめられている場所の方である。たぶん、私たちも同じように追いつめられているのである。

男のヒラの職員については
誰にでもそう呼ぶのだが
キヨシ君は私のことを「係さん」と呼ぶ
そう言ったあときまって
おどけたしぐさで私に向かって
カメラをかまえる格好と
自分の首のあたりを右手で払う格好をする
つまり
ちゃんと写真を撮って
真面目に仕事をしないとクビだぞ
という訳だ
健常者であるが
私は職場でも家でもからきし元気がない
私自身の中からわき出る力なんて一つもないし
クビになっては大変だし
今日もキヨシ君の励ましによって私は生きる

（「キヨシ君の励ましによって私は生きる」部分）

作品というものは、追いつめられると主題に逃げるものだ。その一つの典型のような例である。『ノノヒロ』や『昼あそび』の大橋政人だったなら、「今日もキヨシ君の励ましによって私は生きる」などという一行は、絶対に書かなかったにちがいない。たまたま大江健三郎でも読んでしまったのだろうか。作品全体が〈事実〉に占領されて、ただあられもない地口に行き着いているだけのことである。もちろんのこと、これが事実かどうか、私には知るよしもない。また、これがフィクションであれなんであれ、私の論旨に変更はない。ドキュメンタリー風のこの作品の脆弱さそのものは、どちらにしても大差はない。同じようにベタに〈事実〉を扱いながらも、そこにあざやかな「田野倉先生」や「坂内さん」の像を浮かび上がらせた「ネジバナ騒動」と比べて、この「キヨシ君」はなんと薄っぺらであることだろう。想像するしかないことだが、実在の「キヨシ君」はきっと魅力ある人物なのだろう。そうとでも考えなければ、これほどの作品の破綻は説明できない。作者が「忘れられている」ことを受け入れる、あのドラマをもう一度思い起こしてもらいたい。そこでは〈私〉から〈私〉が剝がれていって、ようやく自分自身に出会ったのではなかったか。この作品では、せいぜい「係さん」としての自己に出会うだけのことである。本当に、大橋政人はどうしてしまったのか。

重いものを
持ち上げた拍子に
なんていうのはよくあるが
中には
名前を呼ばれて
振り向いた瞬間にやってしまった
という例もあるという
もうそこまで
機が熟しているのだから
風のそよぎや
水のひかりで
そうなったとしても
なんの不思議はないわけだが
女房の職場の
総務課長である田所さんは
自分でクシャミをして
その瞬間に
ギックリ腰になってしまった
いまの時代の
われわれの心は
ギリギリ、泣くことしか能がないのだが
ときに乾いて
少し気狂いじみて笑うことがある

（「ギックリ腰」全行）

これは笑えない。作品上も「少し気狂いじみて」と言っているし、本当のところは「泣くことしか能がない」と断ってもいる。しかし、実際は笑っていいはずである。そんな風に書くこともできたのではなかったろうか。笑って笑って、笑い疲れたあとに、ふと悲しくなっていいはずである。ところが作者はちゃんと醒めていて、「乾いて」笑う笑いを初めから見据えている。だから、かえって笑えない。批評が過ぎるのである。いくつかの例外を除いて、それはこの詩集のどの作品を取って論じても、ほぼ同じことがいえる。では、それらの詩はうまくないのかといえば、やはりうまいのである。同一語のくりかえしは、もはや作品全体の中へ溶けているが、対句的用法や行分けなどは、熟練工のようなあざやかさで示されるのである。右の詩でも「風のそよぎや／水のひかりで／そうなったとしても」などという辺りの、ことばの微妙な扱い方に並々でないものを感じる。大橋政人は、ほとんど自由自在であるようにみえる。とは言うものの、それはなぜか「元気がない」世界である。

北川透は、『詩的レトリック入門』（一九九三年五月）で、こんなことを言っている。

《ことばや発想の貧しさやワンパターンはまさしく肯定性としての隠喩の属性にほかならないのではないか。／現代詩が、このことばの貧しさを拒否しようとすれば、必然的に現在との回路を閉ざさねばならないだろう。》

大橋政人における詩の〈肯定性〉については、すでに何度か言及している。充分に論じ切ったという気はさらさらないが、肯定的な世界の「ことばや発想の貧しさやワンパターン」を乗り越えるため、大橋政人が同一語のくりかえしや対句的用法で、時代と渡り合った一端は、くどくどと論じた。同様に考えれば、この第三詩集『キヨシ君の励ましによって私は生きる』において、大橋政人が肯定的な世界の「ことばや発想の貧しさやワンパターン」を乗り越えるために持ち出しているアイディアが、〈地名〉や〈人名〉などの個有名詞群ではないだろうか。

詩集『キヨシ君……』は、一種のフィールドワーク（野外研究）だと私は思っている。『ノノヒロ』や『昼あそび』でも個有名詞が扱われなかったわけではないが、『キヨシ君……』では、「確実にできること」という観点で、笠懸周辺の場所を描くことに、より意図的になっているようにみえる。
　大橋政人は多くの〈地名〉や〈人名〉などの個有名詞群によって、なにを描いているのだろうか。言うまでもなく、自分自身の輪郭を描いているのである。〈私〉から〈私〉が剝がれているのだから、〈私〉は〈私〉の輪郭を描くしかない。そのことじたいは、『ノノヒロ』や『昼あそび』と同じである。しかし、唯一違うのは、『キヨシ君……』では、全面的に個有名詞に寄り掛かっているということである。その寄り掛かられた〈地名〉や〈人名〉などの個有名詞群は、大橋政人にとっては自明の世界だが、それを読む私たちには未知の世界である。つまり、そこから先は、それらの〈地名〉や〈人名〉の、語としての喚起力そのものに頼らざるをえない。それでは、前に引用した北川透の文章で挙げられている、清水昶の「土俗のイメージ」と同じように、それらの〈地名〉や〈人名〉も、空想的なものになってしまうだけではないだろうか。清水昶の詩が「放埒な隠喩的イメージの氾濫」（北川透）であったように、大橋政人の詩にも〈地名〉や〈人名〉が「氾濫」している。そこでは、〈地名〉や〈人名〉などの個有名詞群が、まるで詩的な言語のように使われているのではないか、という疑いが私にある。大橋政人は、そこで「現在との回路を閉ざさねばならない」のである。

まっぴるま
突然
大きな声で名前を呼ばれてしまった
平野には人影がなく
空が呼んだのかと思ったが
呼んだのは
ホシノである。
ホシノが
畑二枚向こうの
真光教関東支部建設予定地の雑草の中から

私の名前を呼んでいる
「どうだい。元気にしているかい」
ホシノ
といえば星野義男
ヨシオはヨッチャンで
ヨッチャンがオッチャン
オッチャンと言えば
竹沢界隈のスナックで
相当ならした名前だ
そのホシノが
笑いながら私の名を呼んでいる
畑二枚分も離れて
答えるほどの質問ではないから
言葉もないが
呼ばれたものはしばし
呼んだものの視界の中にある
軽く手を振っただけで
ぎこちなく私は
岩宿駅の方へ向けて
体をずらし続けた

（「ホシノ」全行）

同一語のくりかえしが、なにか名残りのように使われている。「空」に対する大橋政人のこだわりについても、どこかで論じなければならないのだが、とりあえずは置いておく。「呼ばれたもの」と「呼んだもの」が、「畑二枚分」の距離で対峙している。「ホシノ」については、いくつかの情報が与えられるが、「私」についての情報はまったくない。この「畑二枚分」という中途半端な距離に、「私」の「ホシノ」に対する親和と違和とが二つながら示されているのかもしれない。そのぎこちなさゆえに、「私」は別れるともなく「ホシノ」から離れて行かざるをえない。「体をずらし続けた」という陰影のある表現は「ピタッと」（詩「時、定年を待たず」）決まっている。名人芸である。しかし、「私」と「ホシノ」の関係は動くことはない。「私」は「ホシノ」を描くことで、「私」自身の輪郭を描いてはいる。だが、「ホシノ」が「私」の世界へ入ってくることもなければ、「私」が「ホシノ」の世界へ出ていくこともない。「私」は閉じられている。私の世界が開かれているのは、唯一「空」に対してだけかもしれない。だから、「私」は「空が呼んだのか」と思ってしまうのではないだろうか。詩集『昼あそび』にも、すでに名人芸というしかないような作品はあった。

浮世のことを
あれこれ問うのが浮世根問

色事のことは
色事根問

その根本
根源は何か

言葉での答えなど
ありっこないと割り切れば

切羽を
詰まらすこともない

まあ
羊かんでもおあがり

（「根問（ねとい）」全行）

各二行の六連の構成がよく利いている。対句的用法の見本みたいな作品である。「切羽を／詰まらすこともない」までだったら、大橋政人の力なら簡単に書くことができるだろう。この作品の低音部で鳴っているのは、やはり、あの「差し迫っているだけで／問題が重要に見えるということもあるのだ」であることは、言うまでもない。そこまでなら努力の範囲である。ところが、最終連の「まあ／羊かんでもおあがり」という部分で、大橋政人はどこかこの世ならぬ者になっている。この「まあ／羊かんでもおあがり」という話体が、のびやかな自由を得ているのは、「根問」の激しさと対峙する緊張感があるゆえではないだろうか。つまり、そこでは「回路」は閉ざされていない。そういう観点から言えば、作品「ホシノ」には「回路」を閉ざしているぎこちなさがあるようにみえるのである。

　おそらく作者にとっては、この第三詩集の中心に据えるべき、「メデタシ、メデタシ」「エンコラエンコラ」「キヨシ君の励ましによって私は生きる」などの作品を、私はどうしても評価できない。それらは、なんとも「元気のない作品にしかみえないのである。もうおわかりだろうが、「元気がない」ということばは、「キヨシ君……」の中から引用したフレーズである。「空」に心を開くように、「キジバト」や「萩原さんちの／アヤちゃん（二歳）」、健常者でない「キヨシ君」に対して、「私」はまったく無防備である。「私」は、ほとんど手放しの状態で受け入れている。現実の対応としてそれがいいとか悪いとか言っているのではない。〈詩〉のもんだいとして、それはどうなのかと、いうことを言っているのである。「私」が「忘れられている」ことを受け入れるためには、「私」から「私」が剝がれていくドラマがあったはずだ。そこに、「私」の発見があった。「自我」などという呼び方では掬いえない、「私」に出会うドラマがあったはずだ。それに対して、「キジバト」や「萩原さんちの／アヤちゃん（二歳）」、健常者でない「キヨシ君」は、鏡の中の「私」にすぎないのではないだろうか。無意識なる者の、一つのイメージなのではないだろうか。それはまた、現実の「キジバト」や「萩原さんちの／アヤちゃん（二歳）」、健常者でない「キヨシ君」の影だということを意味している。この作者は他者を描いているわけではない。「回路」は閉ざされている。

今年の夏は
それだけだった
と言えばあったが
あった
いろんなことが

（「今年の夏は」部分）

世の中に
異様なことは
何一つない
今日も
相老駅の踏切の近くで
折からの夕立に男が一人
二階のベランダで
忙しそうに洗濯物を取り込んでいるのを見たが
下の看板を見て
その家が
クリーニング屋であってみれば
別に
不思議なことは何もなかったわけだ

（「本町通りを」部分）

このそっけなさは、一体なんだろう。この「本町通りを」などは決して嫌いな作品ではないのだが、これでは、周り中のものに対して「まあ／羊かんでもおあがり」と言っているようなものである。それもすべて、より遠くへ遠ざけるようにそう言うわけだから、そこに緊張感が生まれるはずもない。だから、この第三詩集の中で最もすぐれた作品を挙げるとすれば、それは〈地名〉や〈人名〉という個有名詞群が出てこない作品ということになる。「回路」を閉ざしていることじたいを扱っている作品ということになる。

秋になると
色えんぴつが
美しくなる
赤いのや
青いのや
その折れやすい芯や
かすれた文字さえも
質素に
干涸びて——
外では空が

相変わらず
大きいことをしているので
私は静かに
干涸びていけばいい
赤い色えんぴつで
「青い色えんぴつ」
青いので
「赤い色えんぴつ」
と書いてみたり

（「色えんぴつ」全行）

この作品には、一種、真空状態になってしまうような恐さがある。「秋になると／色えんぴつが／美しくなる」というのは、本当は変だ。とは言え、そういう異論を差しはさむことができないほどに鬼気せまるものが、ここにはある。「空」を「私」と対応させるように描いているが、すでに述べた通り、「私」の世界は「空」に開かれている。それは決して外部ではない。「秋になると」「美しくなる」紅葉は、丁寧に排除され、ただ透明に澄み切っている。触ろうとすれば、手が切れてしまうような気さえしてくる。まるで独楽が廻っているようでさえある。遠くから見ると、微塵も動いていないように澄み切っている。それは確かに美しいが、なんとも不安な光景でもある。

＊伊藤信吉『萩原朔太郎Ⅱ虚無的に』（北洋社）一九七六年八月

場面の選択性

ファミリー・レストランが急増したのは、一九八〇年代に入ってからである。関川夏央『家はあれども帰るを得ず』（一九九二年）によれば、ファミリー・レストランは七〇年代の終わりに姿を見せ始め、「八三年頃には都心部の包囲を完成していた」そうだ。一九四九年、新潟県生れ。上智大学外国語学部中退。一九八五年、『海峡を越えたホームラン』で第七回講談社ノンフィクション賞受賞。オートバイに乗り、「虚しく長い」深夜のファミリー・レストランで原稿を書くという伝説の持ち主だから、まずは確実な情報というべきであろう。さらに、関川夏央は、ロイヤルホストは福岡の米軍基地御用商から出発したことや、すかいらーくの前身は乾物屋を営んでいた「ことぶき食品」で、七〇年に立川市に一号店を出したことまで取りあげている。

大橋政人の第一詩集『ノノヒロ』は一九八二年の発行である。それがファミリー・レストランとなにか関係があるのかといえば、もちろんなんの関係もない。ただ、ほぼ同時代に詩の〈肯定性〉がもんだいになっていることは興味深い。関川夏央がファミリー・レストランから受け取っているイメージは、「無難」または「安定」である。「偏差値でいえば七十とでるか四十とでるかわからない高級料理店賭博よりも、偏差値五十五くらい」のファミリー・レストランで充分だというわけである。

大橋政人の〈詩〉がファミリー・レストランだと言っているのではない。むしろ、そういうものに最もそぐわない作品の一つだといった方がいいだろう。とはいえ、ファミリー・レストラン的なものに、大橋政人の〈詩〉も覆われている、ということを言っておきたいのである。覆われていることを自覚しているからこそ、大橋政人の〈詩〉が成立するという関係もそこにある。それをコンビニエンス的なものといってもいいし、サブカルチャー的なものといってもいい。そういう中で個別的であろうとしても、それは相対的なもんだいにすぎない。すべてはモノトーンの世界に覆われているのである。それが現在ということであろう。手応えがないのである。

私の休みは
日曜日の翌日と
国民の祝日の日の翌日

家にはだれもいないから
お昼を食べると寝てしまう

一日中
人間の言葉を話さないと
人間としての力がだんだん希薄になっていく
私が人間であるかどうかもわからなくなる

今日は
寝ていたら地震が来た
めんどくさいから
寝たままでいたら
地震は背中の下を通って静かに行ってしまった

（「お昼の地震」全行）

大橋政人はもう〈昼あそび〉をしない。ここには、沈むべき「休日の底」すらない。「濁さないように」すべき「空気」も希薄にみえる。「私の休み」は意味もなく続いているようだ。「家にはだれもいない」、「私が人間であるかどうかもわからなくなる」、「めんどくさい」という、それぞれの語句に時代がよく示されている。もちろんこれ

は、この作品の中の「私」が自堕落で、いいかげんな人間だということを示しているのではない。私たちの土地の言葉で「のめし」などという言い方もあるが、「私」は決して「のめし」なのではない。

この作品の低音部で鳴っているのは、やはり例の「差し迫っているだけで／問題が重要に見えることもあるのだ」であり、「私は無理由で生きる練習をするのだ」である。詩集『キヨシ君の励ましによって私は生きる』では、ついに聞くことのできなかった声である。それが久々に聞こえているのである。いうまでもなく、「地震」がもんだいの重要さの比喩である。大橋政人は久し振りに本来のテーマを扱うことができている。たぶんそれは、この多連構成のゆえである。

詩集『バンザイ、バンザイ』（一九九五年）の、最も大きな特徴は、多連構成が多いということである。詩集『バンザイ、バンザイ』の全22篇中十一篇が多連構成である。比較してみると、詩集『ノノヒロ』では全23篇中十二篇、詩集『昼あそび』では全21篇中五篇、詩集『キヨシ君の

励ましによって私は生きる』では全24篇中六篇が多連構成である。これはなにを意味しているのであろうか。そのためには、まず〈連〉とは何かということから考えねばならないだろう。

〈連〉というのは、散文の文章でいえば〈段落〉のことだろう。高等学校国語科用『表現』（筑摩書房）の教科書では、次のように説明している。

《文章で句点をうった後、改行して一マス空けることを「段落を変える」という。／段落変えは一般的に、文章の内容がその位置までで一まとめとして区切られ、新たに出直そうとするときに行われる。段落変えには、時間の経過や、書き手の態度の変化や、話題の転換のようになんらかの根拠を指摘することが可能である。》

《段落変えは、ことばが文字によって紙面に記されるようになって生じた技法である。話では息継ぎや抑揚によって、文と文との切れ目が表現されるにすぎない。それが、紙面にわざと空白が入ることで、たんなる切れ目以上に、いくつかの文を一つのまとまりとしてとらえることが目に見えるようになり、またその単位のつながりを、ある意図的な並べ方として理解することも可能になったのである。／つまり、段落には「切れ目」（分離）と「つながり」（関係）の両面の働きがある。それを使いこなせば、段落も一つの表現である。／たとえば段落が速く変わる文章は、分離の度合いが増し、変化と飛躍の速度のある文章になる。詩における改行なども、その一例といえる。》

過不足のないまとめだといえる。〈段落〉と同様に、〈連〉とはまとまりであり、他と切り離す（分離）という役割を持つ。また、切れ目を意識することによって、一つの連から次の連へ、意味的に飛ぶことが楽になる（関係）という逆説がそこに生まれる。右の引用の「『切れ目』（分離）と『つながり』（関係）の両面の働きがある」という指摘も、そういうことを言っているのであろう。それにしても、〈段落〉も「一つの表現である」ということや、「ことばが文字によって紙面に記されるようになって生じた技法」という説明には、並々でないものを感じる。

もう一度、詩「お昼の地震」に話を戻す。「お昼の地震」の第一連では、意味付けされることもなく休日が提示される。第二連では、その休日に「だれもいない」ことがらが特に強調される。休日でだれもいなくて、することがなく寝てしまうということを示すためには、本来ならもう少し行数を必要とするかもしれない。また、そのことを一定の行数で示すためには、言葉はその辻褄を合わせるために論理を求め、意味的に膨れあがってしまうにちがいない。そこで言葉がつまらぬ遊びを始めれば、たちまち詩集『キヨシ君の励ましによって私は生きる』の中の詩篇のようになってしまう。ところが、この「お昼の地震」では、それが〈連〉であるがゆえに、言葉が意味もなく投げ出されたままで許されている。先ほどの引用にもあるとおり、連構成によって、そこに「ある意図的な並べ方」を想定することが可能になる。この作品の場合では、おおよそ起承転結になっている第三連目で、いきなりテーマが顔を出す。「お昼」から「一日中」へ、単に時間の拡大を示しただけのさりげなさで、「人間の言葉」や「人間としての力」という抽象的話題が顔を出している。「人間」という部分は同一語のくりかえしとみていい。こういう部分に作品の転換点があるということは、既に見たとおりである。手応えのない自分自身を受け入れるところから出発し、自身をよじるように〈肯定性〉そのものに身を預けていたうちはいいが、その果てにやはり手応えのない自分自身に出会うというわけである。たとえば、第三連を抜いて、第二連と第四連をつなぐことはできる。が、そうしてしまうと、単に休日の「お昼の地震」という事実が残るだけである。第三連における「書き手の態度の変化」は明らかである。

もんだいなのは、この「私」が「人間であるかどうかもわからなくなる」ということで、「地震」に気づかないわけではないということだ。「地震が来た」けれども、「めんどうくさいから」「寝たままでいた」ということではなくて、「私」は「人間としての力」を「だんだん希薄に」することによって、「静か」な「地震」さえも感知しているということであろう。それをたぶん事実がそうであったにすぎない、という風な記述の仕方で示しているところに、この作品の技術がある。

多連構成で、それぞれの事実を分解して立ち上げることによって、「めんどうくさいから」「寝たままでいた」というように流れている意味とは別に、「人間としての力」を「だんだん希薄」にすることで「地震」を感知できたことを、それとなく示しているのである。さらに、そんな「地震」にいちいちビクつかないぞという主張が裏側にあるのかもしれない。あるいは、「地震が背中の下を通って静かに行った」、その最初から最後までをひそやかに身体そのもので味わっている、「休日の底」そのものをただ見ておけばよいのかもしれない。いずれにせよ、そこで作者は確実に自分自身に触れている。

本来は時間的に流れ去ってしまう意味が、空間的に配置されることによって、渋滞し、逆流するという効果が、〈連〉にはありそうだ。その分離と関係の「両面の働き」は、詩集『ノノヒロ』や詩集『昼あそび』に集中的にみられる、同一語のくりかえしや、対句的用法によく似ているとはいえる。しかし、多連構成においてもんだいとなっているのは言葉そのものではなく、一つの意味のまとまりであり、一つの場面なのである。作者が意識しているのは、〈場面の選択性〉ということかもしれない。

詩集『ノノヒロ』や詩集『昼あそび』の頃の大橋政人は、むしろ言葉そのものにつまづくところから作品を始めていたようにみえる。詩集『バンザイ、バンザイ』では、そういうことが少ない。『ノノヒロ』における「勤め上げる」「余生」「ノノヒロ」「私雨」「借香」などの詩篇や、『昼あそび』における「ネジバナ」「日限地蔵」「根問」「暗夜に霜の降る如く」等の詩篇では、明らかに、それらの言葉につまづくことで作品が成立している。『バンザイ、バンザイ』における、詩「ヒラメの縁側」なども同じような例であろう。だから『バンザイ、バンザイ』の中にも、言葉につまずく例がないわけではないが、その「ヒラメの縁側」にしても、重心は多連構成の方にあるといえる。

〈連〉構成によって、まるで映画の絵コンテのようにさえ見えてくる作品もある。

女房は
風呂場で
犬を洗っている

大きな
黒い犬だ
もうすぐ死ぬ犬だ

洗いおわったら
縁側に干す
それを見守っているのが
昼前の私の仕事だ

猫は
とっくに遊びに行ってしまった

昼過ぎも
今日は特にすることがない

葉が落ちてしまって
光ばかりが庭にある

（「洗濯」全行）

これを映像で表現しようとしたらどうだろう。「女房」がいて、「犬」がいる。「私」がいて、「猫」がいる。なにもすることがない午後。「葉が落ちてしまって／光ばかりが庭にある」ラストシーンは恐いほどの静けさである。なかなかいい。ところが、詩としてみると、ここには言葉という表現に対してのこだわりがなにもない。印象的な語句がなにもない。ましてや、詩的な語句もない。なんともあたり前の言葉が、それ以上でもそれ以下でもなく並べられているだけである。にもかかわらずこれが

〈詩〉であるのは、行分けと〈連〉構成が意識的になされているからである。似たような世界を挙げるなら、阿部恭久の作品を挙げればいいかもしれない。

ビン牛乳って好きさ
放課後の匂いがする

フレンチスリーブやフレアスカート
天使のはく息…

あのひとが冷蔵庫をあけた
つめたいひかり

あついからだ
きれいだった

（「ヒトのくぼみ」部分）

極端に絞り込まれた言葉によって、「切れ目」と「つながり」の働きを最大限に生かしている。この詩の場合には、言葉にも目配りが行き届いているが、作者が主に意識しているのは〈場面〉であろう。この阿部恭久の作品はしゃれていて、ちょっとセクシーで、上質のＣＭでも見せてもらった感じだ。残念ながら、大橋政人の詩はＣＭにはならない。

詩「洗濯」は六連構成だが、実質は四連で、やはり起承転結ということになろう。一連、二連が〈起〉であり、三連、四連が〈承〉である。休日の光景が無言のまま語られている。第五連が〈転〉であるが、「昼過ぎも」の「も」に注意すべきであろう。「今日は特にすることがない」のは、「午前」も「午後」も同じであるというのだ。つまり、午前中の「犬」の「洗濯」は、「特にすることがない」からしたのだという口振りである。そして、〈結〉は、なにもない「庭」である。「光ばかり」があるということは何もないということであるなどと、ことさらに言うまでもあるまい。このラストシーンが印象的なのは、「私」が「犬」の死後を幻視してしまっているからであろう。「もうすぐ死ぬ犬」に対しての、「女房」や「私」の

いま静かに降りはじめた

（「引き算」全行）

先ほどの「洗濯」と同工異曲といったところであろうか。これはわかりやすい。説明の必要もないだろう。一応「引き算」という言葉につまづいてはいるが、具体的な映像から引き算をしているような趣きがある。四枚の写真でもいいかもしれない。いや、三枚目まではそれぞれの写真として、四枚目のところで、写真ではなく映像として「静かに降りはじめた」雨を映してみせれば効果的であろう。自分の死後を見る眼である。

夕暮れどきになると
なぜか人々は浮かれ出て
隣のうちの垣外のあたりで立ち話をする

ベニカナメの垣根のところに
女ばっかり三、四人しゃがみこんで
小さなセキチクの花をながめたり

思いの深さは十二分に感じ取れる。元気な「猫」さえ姿を見せない。「光ばかり」の「庭」の孤独感は痛いほどである。

日常から
猫（五匹）と犬（一匹）を引いて
一組の夫婦が残る

一組の夫婦から
男を引いて
女一人が残る

女一人から
女一人を引いて
だれもいなくなった家と庭が残る

だれもいなくなった庭に
夏の朝の雨が

子どもたちは
子ネコを抱きっこしたり
男は大きな石の上に腰かけたり
タバコを吸いながら
女たちの話を聞いたりしている

夕暮れどきになると
なぜか人々が道に出て来て
あっちでも、こっちでも
ずっと遠くの
線路の土手の方でも人のかたまりができる

春のはじめの
これが、地上というものですよ

空にも異変はない
隣組長の前原さんは回覧板を持って歩いている

（「地上」全行）

前半の三つの連それぞれに、〈場面〉の違いはない。角度が違っているのである。第一連は、「夕暮れどき」に「垣外のあたりで立ち話をする」情景が示される。カメラなら、中間的な距離というところだろうか。人数もわからないし、顔までは見えない。第二連では、カメラは接近している。「垣根」は「ベニカナメ」だということまで、はっきりわかる。「女ばっかり三、四人」が「しゃがみこんで」いるのまでわかる。断片的な会話も聞こえる。「子ども」の笑顔はクローズアップされている。「子ネコ」もクローズアップだ。カメラを横に振ると、「男」たちがいて、「タバコ」を吸っている。

第三連で、カメラはゆっくりとあたりを俯瞰する。すると、「あっちでも、こっちでも／ずっと遠くの／線路の土手の方でも人のかたまりができる」のがわかる。これは天使の目である。映画『ベルリン・天使の歌』（ヴィム・ヴェンダース監督・一九八七年）の中の天使の目と同じである。「春のはじめ」の「地上」の不思議に驚いている天使の目である。それぞれの人は、それぞれの思いで外に出ているのであろうが、人の生死を越えた彼方から、もしもそういう場面を見たとしたら、やはり不思議なことではあろうと思う。「これが、地上というものです」という「私」の返答は、「人間である証し」（詩「夏の大三角」）として、「空」に応えているのである。〈空〉は、大橋政人のキー・ワードである。〈空〉は超越的なものの象徴であり、私たちの無意識そのものである。一方では「地上」に対して、一方では「私」に対して無限に開かれているものである。

この「空」は、ある意味では「庭」でもある。「洗濯」や「引き算」における〈庭〉の方から、私たちの人生をみたとしたら、こんな風な、ささやかな幸福が見えるということである。理由を問い始めてみたら愚にもつかない一つ一つのことが、かけがえのない一つになるのは、この地点である。大橋政人の恐ろしいほどの孤独と、日常の一つ一つに触れようとするこだわりがそこにある。

だれもいない田んぼの畦で
草刈りをしながら
男が一人、大きな声でうたをうたっている
一人だけで
だれもいない田んぼと空に向かって
思い切りでかい声でうたってみたいときだってある
のだ
一面の田んぼのこっち側から
私が近づいて行くと
男はボリュームを少しずつ落とし
もう少し近づいて行ったら
この地方の古い歌か
一昔前の流行歌なのかよくわからないそれが
ひとり言のちょっと大きくしたのに変わっていた
私が側を通るとき
男は、だいぶ甘くなった草刈鎌で
畦をぶったたきながら
怒ったように少し節をつけて

一人でぶつぶつ声を出していた
腰には小さなラジオ
昔ながらの草刈りをするのだから
古い人なのだろうけど
知らない人だった
私は犬をせかして少し速足で歩いた
私が遠ざかるにつれ
男のうた声はまた大きくなっていった
一人だけの田んぼと空がもどってきた

（「一人で草刈りをする男の一人のうた」全行）

ここには〈連〉構成はないが、「男」と「私」との距離によって映像的な展開があり、作者の〈場面の選択性〉の意識を見てとることができる。「私」が「男」に近づくにつれて、「大きな声」が「ひとり言のちょっと大きくしたのに変わって」さらに「ぶつぶつ声」になる。映像的な展開とは言ったが、音響効果の方が大きいというべきだろうか。もっとも、その声の大きさとともに、男の落ち着かない目の動きや仕草はやはり見えてくる。「私」は、草刈鎌が「だいぶ甘くなった」ところまでも見ているのである。

「私は犬をせかして少し速足で歩いた」のは、思いやりである。「田んぼ」は「地上」であり、「空」は「男」にも開かれている。「一人だけの田んぼ」があるように、「一人だけ」の「空」があることによって人は救われているのかもしれない。

男が
満開の桜に向かって
バンザイ
バンザイ
バンザイ
をしている
近寄ったら
根元のところに
小さな女の子がいて

小さな
バンザイ
バンザイ
バンザイ
をしている

男のそばでは
ビデオカメラを持ったお母さんが
左手一本で
バンザイ
バンザイ
バンザイ
をしていた

（「バンザイ、バンザイ」全行）

これは、序破急の構成である。

まず目に映るのは、「男が／満開の桜に向かって／バンザイ」をしている光景である。桜の開花を喜んでいるのかと思わせる。少し異様ではあるが、なんとなく楽しい光景である。近づくと「桜の根元のところに／小さな女の子がいて／小さな／バンザイ」をしている。父親が娘に「バンザイ」をしなさいと見本を示しているわけなのだろう。なんだそういうことだったのか、ということになる。では、落胆するのかといえば、そういうことではない。ほっとするような光景である。さらによく見ると、「男のそば」には、「お母さん」が、たぶん中腰で「ビデオカメラ」を覗き込んでいる。「女の子」の「小さな／バンザイ」を撮るために、「左手一本で／バンザイ」をしてみせている。〈連〉構成によって、視点が転換するあざやかさが身上の作品だ。そのことで、作者はとりたてて何かを言いたてたいのではない。登場人物が「ビデオカメラ」を持っているのも偶然とは思えない。作者は明らかに映像として、また場面としての〈連〉を意識している。作者は、その映像や場面の裏側で沈黙するのである。

大橋政人・略年譜

昭和18年（一九四三）9月24日　群馬県新田郡笠懸村（現笠懸町）に生まれる
〃37年（一九六二）3月　群馬県立桐生高校卒業
〃38年（一九六三）4月　東京教育大学（現筑波大学）文学部英文科入学
5月　学内文芸誌「ゆんげん」参加
12月　詩集『コオリの力』（私家版）
〃40年（一九六五）2月　詩誌「言葉」創刊同人。同人、ほかに大石陽次、国本弘躬。
〃43年（一九六八）3月　東京教育大学文学部中退
〃50年（一九七五）1月　詩誌「詩祭」創刊同人。同人に大石陽次、福富健二。
〃54年（一九七九）1月　上毛文学賞（詩部門）受賞
2月　詩誌「日曜詩人」参加。発行者・岡部宇一郎。同人に安部英康、小林絹次、大和春夫ほか。
3月　詩誌「ある流れ」（後「東国」に改題）に参加。発行者・新貝征義。同人に天笠次雄、川島完、小山和郎ほか。
〃55年（一九八〇）4月　詩誌「越境」参加。発行者・柴田茂。同人に天笠次雄、新井頴子、豊田一男、真下章ほか。
〃57年（一九八二）9月　詩集『ノノヒロ』（紫陽社）
〃58年（一九八三）11月　群馬県文学賞（詩部門）受賞

〃　61年（一九八六）6月　詩集『昼あそび』（紫陽社）
　　　　　　　　　　11月　詩集『付録』（私家版）
〃　62年（一九八七）4月　詩誌「詩学」座談会出席。出席者は、愛敬浩一、大西隆志、川岸則夫、須永紀子、萩原健次郎。
　　　　　　　　　　9月　詩誌「ガルシア」参加。同人に相沢正一郎、神尾和寿、田中勲、萩原健次郎ほか。
　　　　　　　　　　11月　群馬詩人クラブ代表幹事に選ばれる（平成3年10月まで）
〃　63年（一九八八）10月　詩誌「イエローブック」座談会に妻千恵子とともに出席。「湯めぐり座談会！——だいたい女なんて?!」と題して同誌19号（平成元年一月発行）に掲載。出席者は愛敬浩一、永井孝史、根石吉久、萩原健次郎、村島正浩。
平成2年（一九九〇）4月　詩集『キヨシ君の励ましによって私は生きる』（紙鳶社）
　　　　　　　　　　12月　詩誌「ガーネット」参加。同人に神尾和寿、嵯峨恵子、高階杞一。
〃　4年（一九九二）1月　詩誌「詩学」の〈詩誌選評〉担当（12月号まで）
〃　6年（一九九四）2月　詩集『泣き田んぼ』（紙鳶社）
〃　7年（一九九五）3月　詩集『バンザイ、バンザイ』（詩学社）
〃　8年（一九九六）9月　詩誌「詩学」に連載詩「夏から夏へ」（平成9年8月号まで）
〃　9年（一九九七）2月　シンポジウム「いま、なぜ詩を書くか」（群馬詩人クラブ主催）に司会として参加。出席者は愛敬浩一、新井啓子、新井隆雄、樋口武二。
　　　　　　　　　　9月　詩集『新隠居論』（詩学社）

〃 11年（一九九九）2月　詩誌「詩学」研究作品の選者となる（平成13年1月号まで）
　　　　　　　　　4月　少年詩集『いま中学生とよみたい101の詩』（民衆社、共著）。少年詩集（共著）では『いま、きみにいのちの詩を』（小学館）、『いま中学生に贈りたい70の詩』（たんぽぽ出版）など多数。
　　　　　　　　　7月　詩集『春夏猫冬』（思潮社）
　　　　　　　　　11月　群馬詩人クラブ秋の詩祭で「自作詩を語る」と題して講演
〃 12年（二〇〇〇）2月　詩集『十秒間の友だち』（大日本図書）
〃 13年（二〇〇一）9月　詩集『先生のタバコ』（紙鳶社）
　　　　　　　　　12月　アートステージ「現代詩・私・未来」（前橋文学館主催）のパネリストとして参加。ほかに新井啓子、井上敬二、富沢智。
〃 14年（二〇〇二）6月　現代詩シンポジウム「詩と時間」（群馬詩人クラブ主催）のパネリストとして参加。ほかに内山節、箱崎恵三。
〃 15年（二〇〇三）1月　絵本『みんないるかな』（福音館書店）刊行
（補注）その後、多くの絵本等も刊行されているが、それは割愛し、以下、詩集名のみを掲げておく。
平成16年（二〇〇四）5月　詩集『秋の授業』（詩学社）
〃 20年（二〇〇八）5月　詩集『歯をみがく人たち』（ノイエス朝日）
〃 24年（二〇一二）9月　詩集『26個の風船』（榛名まほろば出版）
〃 28年（二〇一六）10月　詩集『まどさんへの質問』（思潮社）
〃 30年（二〇一八）7月　詩集『朝の言葉』（思潮社）

『吉本隆明全詩集』

過日、群馬詩人クラブの総会（もちろん、ささやかな集まりである）があり、その記念講演として、砂子屋書房の田村雅之氏が招かれた。氏は、元、国文社の雑誌『磁場』の編集長であり、最新刊の詩集『曙光』等、多くの著書を持つ詩人でもある。国文社時代の話の途中で、ふいに「思潮社の『吉本隆明全詩集』を買いまして、改めて日時計詩篇の量にびっくりしました」とおっしゃった。

実は、私はまだ『吉本隆明全詩集』を買っていない。値段のこともあるが、どうして分冊にしてくれなかったのかという憾みもある。詩集があり、詩文庫があり、著作集があり、全集撰だって持っているのだ。

まあ、そこは出版社も商売だから仕方がないが、やはり、寝転がって読めない本は困る。結局は、私も買うのだろうが、大型本はつらい。

私が浪人生として上京したのは一九七一年だが、同じ下宿先にいた大学生が、よく吉本隆明の詩「火と秋の物語」を読んでいた。それも、夜、自室で一人、音読するのだ。こっそりのぞいたことがあるが、彼は机に向かい、両手で『吉本隆明詩集』を持ち、朗々とやるのである。静岡出身の、「片桐」という姓の東大生で、下宿では「キンちゃん」と呼ばれていたが、今はどうしているだろう。印象深い記憶である。「キンちゃん」は『全詩集』を買っただろうか。

ところで、私は吉本隆明の詩の中で何が一番好きだろう。『全詩集』の広告に付いている、作品一覧表を眺めながら、そんなことを考えた。別に、ことさら一篇を選ぶ必要などないのだが、そういう無意味なことに身を任せたくなる時もある。

佃渡しで娘がいつた
〈水がきれいね　夏に行つた海岸のように〉
そんなことはない　みてみな
繋がれた河蒸気のとものところに

芥がたまつて揺れてるのがみえるだろう
ずつと昔からそうだつた
〈これからは娘に聴えぬ胸のなかでいう〉
水は黙くてあまり流れない　氷雨の空の下で
おおきな下水道のようにくねつているのは老齢期の
　河のしるしだ
この河の入りくんだ掘割のあいだに
ひとつの街がありそこで住んでいた
蟹はまだ生きていてそれをとりに行つた
そして沼泥に足をふみこんで泳いだ

言わずと知れた詩「佃渡しで」の第一連である。抽象的で観念的な作品が多い吉本隆明の詩の世界の中では、めずらしく現実の風景が登場する。しかし、書き写しながら改めて思ったのだが、その声調は、『転位のための十篇』の頃とほとんど変わりのない、男性的な低いリズムを刻んでいる。思わず「キンちゃん」のように、声を出してみたくなる。佳作に違いない。

人はだれでも、いつかは「繋がれた河蒸気のとものところに／芥がたまつて揺れている」現実に出会わなければならない。本当は見たくないものだ。娘が「きれいだ」というなら、父親は「そうだね」と言った方がいいかもしれない。だが、「そんなことはない　みてみな」と言うところに吉本隆明はいる。それを「妄想だ」と自嘲することのない、等身大の作者がいる。一方では、「きれい」でない故郷に「繋がれた」作者の思いは、まだ生きていた「蟹」のように、遠く輝いている。愛惜の思いだろう。

雑誌『試行』創刊は一九六一年九月であり、詩「佃渡しで」の初出が一九六四年十二月の評論集『模写と鏡』とあるので、その時期は、吉本隆明自身にとっても、再びの〝出発〟の時であり、また同時に、何ごとかに対する別れの時でもなかったろうか。

詩そのものの完成度が高く、東京をうたった詩作品としては、後の荒川洋治の詩「見附のみどりに」を横においても、まったく遜色なく、みずみずしい。

（『猫々だより』32　二〇〇四年一月）

吉本隆明　ある資料の紹介

意外なところで、めずらしいものに出会った。群馬で出ている、女性だけの同人詩誌『裳（もすそ）』九一号の後記に、吉本隆明氏の手紙（部分）が引用されているのである。もっとも、もう三年ぐらい前（二〇〇五年十一月）に刊行された雑誌だから、いささか時期外れではあるのだが、その後、どこかで、この手紙が話題になったとも聞いていないので、ここで紹介しても多少の意味はあるかもしれない。

拝啓

突然のお便りで失礼します。

「犀」を寄贈していただいて、貴方の「言葉・もの・意識」という評論を読み、問題意識の立て方で小生などと一致を感じ、同人誌からはあまりうけたことのないまれな愉しさを感じました。ついては、貴誌の連載にさしつかえのないようにして、「言語の芸術論」というようなテーマで貴方の問題意識の枢要部を展開していただけないでせうか。

枚数は三十枚―五十枚ならば一回に掲載できると思います。（三十枚以上なら何枚でもいいということです）御存知かもしれませんが、小生、谷川雁、村上一郎で「試行」という雑誌を創刊しました。（同封）隔月刊です。

残念ながら、手紙の引用はここまでで、「後略　十六行」となっている。この手紙を受け取ったのは、松山敦という人物で、群馬の人である。松山敦氏の略歴を見ると、一九二八年生まれで、昭和医科大学を病気のため中退し、入院中に詩作を始め、一九六〇年に詩誌『犀』を創刊している。「言葉・もの・意識」の連載は同誌2号からで、その時に、右の手紙を受け取っている。

結論から言うと、松山敦氏は『試行』へ原稿を送ることはなかった。ちょうど、その時期、氏は地元の百貨店の開設準備委員となり、多忙を極めていた。タイミングが悪かったのだ。連載も三回で終わっている。その後、さまざまな文章を書いているが、むしろ、誠実な読書人として七十六歳の生涯を終えたというべきだろう。

実は、松山敦氏の夫人（曽根ヨシ氏）が、先の詩誌『裳』を主宰し、その後記を執筆したのである。遺稿集『明けの書斎』（私家版）をまとめた思い出に触れた一節に、先の吉本氏の手紙が引用されたわけだ。

私は、この吉本隆明氏の手紙に、二つの点で興味を持った。一つは、吉本氏が『試行』創刊時に、地方の一同人誌にも目を向けたということである。いや、それだけでなく、寄稿まで求めるという積極性に少々驚いた。当時、こういう形の勧誘がどの程度行われたのか、気になるところである。口頭、手紙を問わず、こういう呼びかけが、もしも一定程度あったなら、そこに新しい時代の息吹のようなものを感じる。

もう一つは、同じことを別な面から言うのに過ぎないが、吉本隆明氏の問題意識と呼応するものが、地方に存在していたという事実である。結果的には実現しなかったわけだが、ある意味では、いささか比喩的にはなるものの、松山敦氏の試みは吉本氏の仕事を裏側で支えたという風に言ってもいいように思う。

最後に、松山敦氏が「言葉・もの・意識」で書こうとしたことを簡単にまとめておこう。全体は大きく分けて四つになる予定だったようだ。最初に①「われわれ人間の言葉の持つ機能を分析する」。続いて、②「芸術意欲の問題、意識を創造・芸術意欲にみちびく条件を論じ」、次いで③その条件のうち「外的なもの、社会的なものの意味を分析して論じる」。そして、終わりに、以上三つの分析を基礎理論として④「現代文学・現代詩の状況を論じる」。原理的なものが希求された時代を感じる。

（『猫々だより』74　二〇〇八年七月）

高堂敏治『方法としての菜園』書評

ちょっとした自慢なのだが、吉本隆明家の引っ越しの手伝いをしたことがある。（親しいわけではないし、〝知り合い〟というわけでもないから、「吉本さん」とも呼べないので、敬称は略す。）

遥か昔、弓立社の宮下和夫さんから、「引っ越しに行ってみるか」と声をかけられ、一も二もなく出かけた。出版社や書店関係の数人といっしょに手伝ったわけだが、結局のところ、うろうろしただけのことだったような気がする。本の重さで曲がっていた旧居の押し入れ、「よしもとばなな」になる前のお嬢さん、後に植谷雄高との論争に出てくるシャンデリア等々、余分なことばかりが思い出される。大した働きもしなかったのに、後日、品の良い茶器のセットをいただき、恐縮した。そんな中でも特に、引っ越しが一段落つき、キッチンであったか、みんなで車座になり一休みしていた時、たぶん何か足りないものがあって、吉本隆明の奥様が「おとうちゃん、……を買ってきて！」とおっしゃった場面などが今でも目に浮かぶ。いや、呼び方は「おとうちゃん」で良かったかどうか。まあ、そんな感じの、庶民的な呼称でびっくりした。そこでの話題もすべて、あまりにも普通過ぎたのである。

さて、高堂敏治『方法としての菜園』について書かなければならないのだが、その「あとがきにかえて」という文章で、高堂さんが吉本隆明の死について触れていらっしゃるので、つい私も、気持ちが吉本隆明の方に引っ張られてしまった。

本文を読んでみる。

《「定年帰農」がシニアのあいだで話題のひとつになる昨今、いくつかの条件をクリアーすれば、定年後の菜園ライフも夢ではない。私のながい野菜作りの体験から、菜園の土地の確保や栽培方法など、いくつかのアイディアを提案してみる。／まず、「無理、無駄のない有機栽培」は、長年の野菜作りから生まれた「シンプルライフ」というポリシーの基本。ポリシーといっても、野菜作りはアウトドアーを楽しむような感覚でやらないと長続きはしない。少しこだわりがあるとすれば、農薬や化学肥料をいっさい使わないということだ。ただし、あまり無農薬、有機栽培を完璧に求めようとすると、極端なエコロジストのように宗教臭くなり、現実に対応できなくなる。〇〇主義はかならずどこかに無理がくるので、肩の力を少し抜いて、「できるだけ有機」「できるだけリサイクル」というのがいい。》

そもそも、野菜作りについて別段考えたこともない私が、本書の書評などできるはずはない。にもかかわらず、何かを書いてみようと思うのは、書名の「方法としての」という言葉ゆえである。私の目がとまったのは、右のような部分である。「できるだけ有機」「できるだけリサイクル」という〝ゆるさ〟が有り難い。普通じゃないかと思う。吉本隆明の奥様の「おとうちゃん」という言葉を思い出したのも、実は、この「普通さ」のためである。

私は、高堂敏治さんの文学的な側面しか知らなかったので、「極端なエコロジスト」だったらどうしょうかと思っていたので、助かった。

先にも触れた「あとがきにかえて」を読むと、高堂さんご自身の、七〇年代前後の大学時代のことが書かれている。私にとっては「高校紛争」であり、大学に入った時には、既にほとんどすべてが終わっていて、まるで何かの思い出のようにタテカンがあるばかりだった。高堂さんが経験したであろう運動の軋轢は、想像してみるしかない。

大学復帰後、さらに就職した時期の高堂さんが、村上一郎の雑誌『無名鬼』や北川透の雑誌『あんかるわ』に書いていらっしゃったものを、私はただただ、遠くから眺めていただけだ。

その高堂敏治さんが、まさか、野菜作りをしていたとは思ってもみなかった。しかし、それは「極端なエコロジスト」としてではなく、「趣味」として始め、その中で

「野菜作り」に手ごたえを感ずるようになっていくという経過は、しっくりくるものに思えた。「野菜作り」そのものが一つの表現であることも、その報告として本書のような文章が書かれていることも、これまでの高堂敏治さんの文学的側面と決して矛盾するものではないとも思った。

高堂さんは、大問題にも触れている。「自由の衣装をまとった欲望グローバリズムは、ソフトな声でほかの領域を植民地化しようとする」から、「地産地消」という基本理念を持っていない食文化は駄目だ、とか。耕作放棄地の問題や、「地球の表層を覆っている有機生命体の活動領域が、どんどん縮小しているのに、人口だけが増加していることへの危機感」などの問題にも、きちんと目が向いている。そして、それらが、野菜作りという「肉体の直接性」と切り離されていないことが重要なのではないだろうか。

（『はだしの街』54　二〇一六年十月）

作品論・詩人論

「それ」に込められた思い

——愛敬浩一詩集『赤城のすそ野で、相沢忠洋はそれを発見する』を読む

岩木誠一郎

愛敬浩一の通算十一冊目にあたる「書き下ろし」詩集は、自選詩集『真昼に』（詩的現代叢書）を除く前詩集『それは阿Qだと石毛拓郎が言う』（同）と同様に長いタイトルを持ち、しかもそこには実在の人名と指示語が含まれている。こうしたタイトルの付け方からして既存の「詩」というものに対する愛敬の立ち位置をうかがい知ることができるのだが、この詩集で愛敬が仕掛けているのはそれだけではない。この稿では作品を読み解きつつ、タイトル中の「それ」に込められた思いについて考えてみたい。

最初に断っておくと、この詩集を読むまで「相沢忠洋」が何者なのか知らなかった。地元である群馬では有名人なのだろうが、わたしの住む北海道では知らない人の方が多いのではないだろうか。「岩宿」についても、社会科の授業で習ったような遠い昔の記憶がかすかに残る程度で、「相沢忠洋」は「納豆売り」で身を立てながら「岩宿遺跡」の発見に功績のあった人なのだということは、今回初めて認識した。だから、詩集のタイトルを表面的に読むと「赤城のすそ野で、相沢忠洋はそれ（＝岩宿遺跡）を発見する」ということになるのだろうが、もちろんそんなに単純な話ではない。

今回の詩集が「書き下ろし」というかたちで出版されたのには必然がある。個々の作品が書かれた順番の詳細はわからないものの、はじめから全体をひとつの作品として仕上げる意図で書いていることは間違いない。そのように構成されている。これまでも愛敬の詩にはひとつの言葉が次の言葉を呼び出す契機となり、時として逸脱とも思える方向に進んでゆく傾向は見られたが、その特

徴はさらに強くなっている。

　巻頭には三つの引用が置かれている。それに続いて「0」から「20」まで「相沢忠洋」と『「岩宿」の発見』を発端として時空を超えさまざまな人物が登場する詩が並ぶ。そしてそのあとに「詩の試み」として「暗喩の冬」という作品が「(ティク1)」から「(ティク9)」まで。この構成を見て思い浮かぶのは『万葉集』の時代に書かれていた「長歌」だ。三つの引用を「詞書」、『「岩宿」の発見』や「相沢忠洋」を発端とする詩を「長歌」の本編、「詩の試み」を「反歌」として見ると、詩集の全体像がスッキリと浮かび上がってくる。

「詞書」にあたる三つの引用は、ロベール・ブレッソンの『シネマトグラフ覚書』、ジョージ・オーウェルの『空気を求めて』、ピエル・パオロ・パゾリーニの詩「現実」と、一見何の脈絡もないような作品が並ぶが、それぞれに詩集の主題につながるキーワードが隠されている。順に「過誤や謬見」を「払い捨てる」、「失うもの」、「心にあるものだけを探究する」。つまり、「過誤や謬見」を「払い捨てる」ために「失うもの」を恐れず、「心にあるものだけを探究する」こと。その試みを過去に実践した人物が「相沢忠洋」というわけだ。

　本編を読んでみよう。「ちょっとした必要があって」「私」は『「岩宿」の発見』を読み返すうちに、「突然、〈発熱装置〉にスイッチが入ってしま」う。そして「パタパタと、／風もないのに、／言葉がパタパタと揺れ出し、／エンジンのような音を立てて、／あの、昔のヒコーキである複葉機のようになって、／あの、ライト兄弟が開発したライトフライヤー号みたいにゆらゆらと、／ふわり、／架空の彼方へ、／私を連れ去ろうとしている。」(「0」)

　このようにして「私」は「相沢忠洋」の足跡をたどりはじめる。というよりもむしろ、「相沢忠洋」と同化しはじめると言った方がいい。「高校一年時の担任の先生」によって「相沢忠洋は凄い」ということを刷り込まれた「私」(「1」)は、『「岩宿」の発見』を読んで、「学問や研究」から遠い「身分」にあることを「相沢忠洋」が負い目に感じていることに気づく。そしてそこに、詩に対する自分の立ち位置を重ね合わせて次のように書く。
「相沢忠洋は私だ。」(「2」)
さらに「4」では、この詩集の主題に関わる言葉のひとつ「戦後」が登場する。「相沢忠洋」が「村から村へとまわるうちに」目にしたもの、それは「食糧増産や松根油採取のために掘りおこされた跡」に散らばる「石器や土器をはじめ、いろいろな祖先の残した遺物」だった。最後の6行を引用する。

見るべきものは見ている。
誰もが目を向けるのに、見ていないもの。
いや、私が言いたいのは、「石器や土器」のことではない。
露わになっているのは「戦後」で、
その「戦後」が、「石器や土器」を、透明な手で、そっと包んでみせたのではないか。
相沢忠洋が歩いているのは「戦後」だ。

これを受けて「5」では、「相沢忠洋」と同化した「私」が次のように語る。

赤城おろしよ
くたびれた自転車を押しながら「私」が歩いている
この場所は
冬枯れた
赤城のすそ野などではない
露わになった「戦後」だよ
「戦後」の意味だよ
(中略)
赤城おろしよ
もっと、吹いてみせろ
「私」が見つけたのは
決して、土器や石器などではない

そして「6」ではすでに「考古学の先生」として知られるようになりながら、生活のためにまだ「納豆売り」

を続けていた「相沢忠洋」が、日暮れてからなじみの農家を訪れ、囲炉裏の火で足先を温める場面が語られる。

もう、有名になっている相沢忠洋さん。
まだ、納豆屋であり続けている相沢忠洋さん。
囲炉裏の火が、
あかあかと燃えている。
靴下からゆげがたちのぼる。
ぬくもりがしびれるように、
足先から伝わってきた。

この最後の2行に注目したい。「ぬくもり」が「伝わってくる」のではなく、「伝わってきた」のだ。それまで現在形で書かれていたものが、ここで完了形に変化する。「伝わってきた」と感じているのは「相沢忠洋」と同化した「私」だ。

では、なぜ「私」は「相沢忠洋」と同化しようとするのか。

「8」の冒頭にはこうある。「そうだ、考えてみると、岡田刀水士にも、山村へ買い出しに行くことをモチーフにした詩があった。もっとも、萩原朔太郎の弟子でもあった詩人・岡田刀水士のことなんて、もう誰も知らないのかもしれないな。ましてや、私が岡田刀水士の研究家であることなど——。」

「詩人・岡田刀水士の研究家」としての「私」は「相沢忠洋」と同様、研究の過程で納得のいかない出来事に遭遇している。また、詩の書き手としての「私」も「過誤や謬見」による不愉快な出来事を経験する。「学問や研究」から遠い「身分」にあることを含め、「私」は「相沢忠洋」との共通点を見つけ、親近感を抱いているのだ。「相沢忠洋」はそれでもついには『「岩宿」の発見』に至るわけで、「私」はその「発見」について次のように言っている。

「戦後」を歩き、
「戦後」を歩き回って、

赤城のすそ野で
彼が石器や土器の彼方に見たものは、
たぶん、「自由」な人間の姿なのだ。

（「12」）

「赤城のすそ野」を歩く「相沢忠洋」を「視る」とき、「私」はそこに「国定忠治」を、「萩原朔太郎」を、そして「木枯し紋次郎」を幻視する。「私」が見ている「自由」は、どこかほろ苦さをともなっている。何かを「失うことを恐れず」に「心にあるものだけを探究」した結果たどり着いたのは、かつて「自由」と呼ばれていたものの残骸だと気づいたからだ。

「反歌」にあたる「暗喩の冬（テイク1）」は「事実を滑走路にして／ふんわりと／架空の彼方で／パタパタと／羽ばたく言葉よ／複葉機よ／まだ何も終わっていない」と本編の言葉を再現しつつ始まるが、全体を貫くトーンは暗く重い。「相沢忠洋は私だ」と宣言して「同化」しつつ「相沢忠洋」が見た「戦後」を「自由」を見ようとした「私」だったが、そこにあったのは歳月を経て無残な姿に変わり果てた「自由」だ。

「兼業農家や／兼業主婦のように／兼業考古学者や／兼業詩人がいて／果てしなく逸脱しそうになる言葉に／錨をつけられているから／怒りを忘れるな」（「暗喩の冬（テイク5）」）と、言葉遊びをしつつも、「世間の風は冷たい」（同）。『赤城のすそ野で、相沢忠洋はそれを発見する』というタイトルに込められているのは、「相沢忠洋」が「発見」した「それ＝自由」というものを守り続けることができなかった、自分を含めた社会に対する忸怩たる思いではないだろうか。

「月にも／太陽にも吠えなかった／まぼろしの犬が／イヌ神家の一族が／ここ掘れワンワン／ここ掘れワンワンと叫ぶのだ／掘ってみれば／ああ、こんなにも／ガラクタなのか／お宝なのか、判別のつかないものばかり」

（「暗喩の冬（テイク9）」）

（「詩的現代」31号　二〇一九年十二月）

暴走する言葉と、詩への疑義

――愛敬浩一詩集『赤城のすそ野で、相沢忠洋はそれを発見する』

川島 洋

書き下ろし詩集である。二部構成となっていて、第一部が「赤城のすそ野で、相沢忠洋はそれを発見する」と題された連作。1から20まで番号づけられた散文形の断章から成る。第二部は「詩の試み」と見出しをつけられた行分け体中心の連作詩「暗喩の冬」（テイク1〜9の9篇）である。

「岩宿遺跡」を発見した在野の考古学者、相沢忠洋（1926―1989）の著書に触発されて書かれた前半の連作詩は、しかしながら全体としていわゆる「詩」のような姿をしていない。文体は手記、随想、論述の混交した様相を見せ、対話体の章もある。ところどころ、熱を帯びた独語が改行体となって走り抜ける。いわば、散文の中で「詩」の熱が対流を起こすのに任せているような、自在な書法である。この散文体のリズム感は、愛敬の前作『それは阿Qだと石毛拓郎が言う』に通じているようにも感じられる。『阿Q』ではほとんどの作品は行分け体で記されていたのだが、にもかかわらず、その語り口のリズム、文章の質感はきわめてよく似ている。

これに対して、後半の「暗喩の冬」の連作は、一見していかにも「詩」らしい姿を見せる。これらの詩篇中にも相沢忠洋の名は出て来る。「赤城のすそ野」が語られ、また前半の散文詩中にあった同じ言葉が切れ切れにこだましているのも読まれる。おそらくは第一部の連作を受けて書かれたと推測されるこの第二部は、第一部と密接に絡みあいながら、この「書き下ろし詩集」のA面とB面を構成しているのだと言えるだろう。読みようによっては、全体の三分の二以上の分量を占める「赤城のすそ野で、相沢忠洋はそれを発見する」の散文体連作が「主」で、これらの行分け詩はいわば「長歌」に対する「反歌」

のような関係にあるとも考えられる。しかし、まさにその位置づけを示すタイトルが「詩の試み」とされているのは、いささか不穏ではないだろうか。このタイトルは読者に「ゆさぶり」をかける。なぜ愛敬はわざわざここで詩を「試み」る必要があったのだろう。いったい詩の何が「試み」られているのだろう。翻って、前半の散文連作がこの「詩の試み」のタイトルの外部にあるのだとするなら、それは「試み」の必要とされなかった「詩」、ということになるのだろうか、あるいは「詩」とは別の何かであるとみなされているのだろうか。

さらにいうなら、連作のタイトル「暗喩の冬」も暗示的だ。暗喩とは、詩の重要な技法のひとつであり、長いあいだ、ある人々にとっては詩の必要不可欠な要素、さらには詩の本質とすら考えられて来た文彩である。ここで「暗喩の冬」それ自体をひとつの暗喩として読むならば、暗喩にとっての冬の時代、暗喩という技法が疑義に付されつつある時代（にあってなお詩を「試み」る）、ということになるだろうか。すなわち、暗喩とは別の機制によって書かれる詩、というものへの何らかの省察が込められているようにも思われてくる。たとえば、暗喩（隠喩）ではなく換喩。凝縮ではなく連想の横すべり。垂直に屹立するのではなく、平面上に付置すること。暗喩という技法を、必要最小限に詩の中に置き直す試み……。「口語の時代はさむい」という荒川洋治の金言がふと思い浮かんだりもするが、そこまで連想すると問題はかえって錯綜してしまうかもしれない。

ともあれこの詩集は、詩という文芸ジャンルへの問い直しがかなりラディカルに実践された詩集でもある、と、ひとまず言うことができるように思う。

しかし何よりもまず私たちは、（雑誌等に発表した詩篇を集め纏めるというプロセスによらず）詩集一冊丸ごとを一気呵成に書き上げてしまった愛敬の跳躍力に、驚かないわけにはいかない。

そのあたりの事情と気分の高揚については、詩集冒頭（0番）で次のように語られている。「ちょっとした必要があって」、愛敬は相沢忠洋の『「岩宿」の発見』(講談社文庫)を読み返した、というのである。そのことを詩誌『詩的現代』の編集後記に記しながら、「……突然、〈発熱装置〉にスイッチが入ってしまった。」

松田聖子なら、ビビッと来たとでも言うのか。

(中略)

パチン。
わくわくする。
わくわく。
わくわく。
始まりだ。
始まりだ。
始まりだ。

突然、言葉の進撃が開始されたかのようだ。詩が上空から降って来て、書くべき言葉が詩人の周囲ではげしく舞い、渦巻いている。あるいは赤城山が噴煙を上げ、大地が鳴動している感じだろうか。その興奮状態は、「あとがき」でもこんなふうに説明されている。「妄想が妄想を呼び、どうにも止まらなくなってしまったのである。制御が利かないというか、言葉が、まるで坂口安吾のように暴走し始めた。」

書くエネルギーが、あるとき一気に高まり、解き放たれて、言葉がとめどなくあふれ出して来る。読み返したり、しばらく寝かせたりして吟味する間もなく、出番を待って押し合う言葉に急かされる。書きまくらないと追いつかない。吟味や推敲はとりあえず後回しにして、ともかく一気呵成に、書いてしまうほかはない——。詩という文芸にはまりこみ、詩を書くことを自らの存在意義の大きな部分と思いなしているほどの者であれば、一度は体験したいと願いつつ、滅多に(多くにとっては一度も)体験できないそのような「ハレ」の状態が、唐突に愛敬浩一を襲ったらしい。

そのきっかけとなったのが、相沢忠洋の『「岩宿」の発見』を読んだことだというのである。アマチュア考古学者の一冊の自叙伝から、一冊の詩集が生まれてくる。にわかには了解しがたいそのような事態を引き起こしたエネルギー――愛敬の内部にひそかに蓄積されていたマグマのようなもの、あるいは地殻のひずみのようなエネルギー――が何であったのか、この詩集はまさにその力の潜在的なベクトルそのものを語ろうとしている。言葉は書かれつつ、みずからの発語の底、根拠を自己言及的に述べてゆく。その自己言及性が、詩集全体の構造を複雑にし、ラディカルにしている。

日本人のルーツを求めて旧石器時代の遺跡を日本で初めて発見した在野の研究者、相沢忠洋は、愛敬にとって同郷の人である。相沢の実家は桐生市にあり、相沢が発見した岩宿遺跡は隣接する現・みどり市にある。愛敬が現在暮している伊勢崎市とは隣接している。また愛敬の育った現・東吾妻町は、前橋・渋川をはさんだ西の方面に位置するが、どちらも赤城の山容が眺められる土地である。相沢が自転車で行商をしながらその麓を巡った赤城山は、愛敬にとっても幼少時から親しい地元の風景の一部であった。また愛敬は高校時代に理科の教師から「相沢忠洋は凄い」という賞賛を聞かされており、また実際に相沢その人の講演を渋川で聴いたことがあるという。(3番)。

このような郷里のつながりもさながら、愛敬はさらに相沢の日々の営為に自分自身を重ね合わせていく。相沢忠洋とは何者か、という感じで語り始めた愛敬は、突如「相沢忠洋は私だ。」という認識を告示する。ただし、そこにはひとつのひねられた自意識が介在している。相沢忠洋は「岩宿」発見後も、なお正規の学歴・研究歴を持たない在野・アマチュアの考古学研究者としか見なされなかった人だが、愛敬はみずからについてこう書く――「そうだ、詩人としてニセモノである私が、どうして詩など書いていいものか。」(2番)

むしろ私は、
自分がニセモノであるという自覚によって、
ようやく書くことができるような気がする。

私はニセモノだ。
私はニセモノだ。
私はニセモノだ。
そこで、
やっと、私は呼吸するように、
第一行目を書き始めることができる。
相沢忠洋は私だ。
相沢忠洋は私だ。
相沢忠洋は私だ。
相沢忠洋は私だ。
相沢忠洋は私か。

アカデミックな（公認の）学者でないがゆえに、「岩宿」の発掘調査においても大学の調査隊の「裏方仕事」に奔走したという相沢。また発掘の成果が報じられセンセーションが巻き起こった後も、その功績が十分に評価されることはなく、アマチュアゆえのさまざまな毀誉褒貶にさらされた相沢。そのような相沢忠洋の境遇に、愛敬は自身の詩人・郷土詩研究者としての経験を重ね合わせてゆく。たとえば愛敬が郷土の詩人岡田刀水士、清水房之丞の初期詩篇を大量に発見し、地元紙では大きく報じられたが、文学館は詩人の作品集にこの愛敬による地道な調査の功を一語も記さなかったこと（11番）。あるいは詩集『それは阿Qだと石毛拓郎が言う』が被ったかなりいい加減な「書評」被害のこと（16番）。そうした心理的な憤懣、モヤモヤなども含め、あたかも開き直りのように「私はニセモノだ」という発語が繰り返される。そして「相沢忠洋は凄い」と「相沢忠洋は私だ」という繰り返し。この否定意識と肯定意識、そして疑問（「相沢忠洋は私か」）のはざまに、この詩集の発火点がある。

しかし、発火点（トリガー）とともに、詩集を生み出した潜在エネルギーの全体的な大きさが読まれなくてはならない。連作は、赤城山のすそ野、「夏のカミナリ」と「冬のからっ風」に代表される上州の風土へ、その風土に暮らした少年時代の記憶へ、そしてまた相沢の出発とともに流れ始めた「戦後」の時空間へ、さらには上州にゆかりのある多くの人々へと、言及し、自在な連想による展開を見せる。このあたりの、愛敬の思い入れ・愛着を交えた連想（妄想）の羽ばたきこそ、この連作長編詩の読みどころになっている。典型的な例を13番から引用する。

> おや、相沢忠洋さんが自転車を押して、歩く道の前を、／国定忠治が歩いているではないか。／赤城のすそ野を歩いている後ろ姿は、／どう見ても、忠治に見える。／いやいや、／忠治の墓があるから、／あれは忠治の幽霊か。／それとも、墓を見に来た萩原朔太郎か。／なんとまあ、小説の中だけど、木枯し紋次郎まで歩いているじゃないか。（中略）遠く、渡良瀬の方に目をやれば、／田中正造まで歩いているじゃないか。／多くの、／名も無き人々が、ぞろぞろ歩いているよ。／ぽんぽこ。／ぽんぽこ。／おやおや、高野長英が一人、榛名の方へ逃げる姿も見えるじゃないか。（中略）おや、まあ、／私の先祖が、中之条から沼田辺りへ「愛敬膏」を売り歩くのまでが見える。／はまぐりの中の、／ピンク色の、／傷薬「愛敬膏」。／ぽんぽこ。／ぽんぽこ。／大手拓次が上京したのはいつだったか／それにしても、時の流れは、めちゃくちゃだ。／ちょうど、今、安吾が桐生に引っ越して来たところではないか。

相沢忠洋は土器や石器の発掘・収集の動機に、古代人の生活の痕跡から彼らの「一家団欒」のけしきを想像する、「人間思慕」があると書いている（『「岩宿」の発見』）。家庭に恵まれなかった相沢にとって、土器や石の中に秘められたものは、今を生きる日本人の遠いルーツという事実のみではなく、厳しい自然のなかで命をつないだ人々の暮らし、わけても食事や火を囲んだ一家（一族）団欒の風景でもあった。相沢は縄文時代から旧石器時代へ、通時の軸のかなたに想像力を拡げていったわけだが、愛敬はさまざまな時代の人物群を一枚の共時の平面に並べ、上州という土地のマンダラを描き出そうとする。そこには愛敬の先祖の姿もほの見える。愛敬自身もその上州マンダラの中を、否定と肯定と疑問を繰り返し発しながら、さまよい歩いている。

「暗喩の冬」の連作は、これもまた、（詩を）書くことへの愛敬の問いかけに満ちている。第一部同様、自己言及性が高く、書法も多様である。初め、密度の高い、隠喩の多い書き方で開始された（テイク1〜テイク3）連作は、換喩的な連想の並列（テイク4〜5）という手法を経て、テイク6からは散文脈による「語り」の書法へと変貌してゆく。

　愛敬の詩への問いかけ——むしろ疑義と言ってもいい——は、たとえば、次のような愉快なパッセージに、戯画的なかたちであからさまに表出されている——

　兼業農家や／兼業主婦のように／兼業考古学者や／兼業詩人がいて／果てしなく逸脱しそうになる言葉に／錨をつけられてるから／怒りを忘れるな／兼業で手薄になって／忘れられ／放棄される私よ／まっ青な空の／乱暴な非破壊検査によって／暴かれる詩よ／難解「である」のではなく／難解に「する」のだよ／ジェットコースターは迷路のように／複雑じゃなけりゃ、面白くないじゃないか／無用「である」のではなく／無用に「する」のだよ／季節が余りにもベタつくから／「あっしには関わりないこって」と／回避するために　（テイク5）

　そこからさらに、連作は、片桐ユズルの著作『高められたはなしことば』を通ってカール・サンドバーグの詩——「ハナシ・コトバ、問答形式、スラング、隠語、ジョーダン、バカ話などを総動員して、当時の新興都市シカゴや中西部の開発、民衆のエネルギーを讃えた」——への言及から、愛敬の長年の研究対象である『閑吟集』の本質へと、進行し、最後にふたたび相沢忠洋の名が語られることになる。相沢が本当に発見したものは、古代から綿々と続いて来た民衆のエネルギーだったのではなかったか、と。この流れるような展開の仕方は見事とし

まっ青な空の
乱暴な非破壊検査によって
暴かれる詩よ

（テイク4ならびにテイク5）

（「詩的現代」31号　二〇一九年十二月）

か言いようがないが、連作の結末にたどりついた時の、思わずため息をつくような不思議な感動は、実際にこの詩集を通読して感じていただくしかない。

連作を読み進むにつれて、愛敬による「現代詩批判」の刃のぎらつく光、横たわるその重みがはっきり感じられてくるようだ。キーワードは「民衆」であり「生活」である。「現代詩」とか「詩人」などという言葉を発してあたかも確固たる何か（知的で芸術的な何か？）があるようなつもりでいても、書かれているものは結局、取り澄ました「隠語」、あるいは高められた「バカ話」でしかないのかもしれないぜ――そう愛敬は暗示しているように思われる。当然、その刃は愛敬自身へも向けられるだろう。問いかけは詩集の結末で解消されるはずもない。暴走する言葉と並走しながら投げつけられた問いかけ・疑義は、日々、赤城の大きなすそ野のへりから愛敬が見上げる青い空へと舞い上がり、気流の中から私たちの営為を見おろしているのかもしれない。すなわち――

詩についてのメモ

冨上芳秀

愛敬浩一書き下ろし詩集『赤城のすそ野で、相沢忠洋はそれを発見する』詩的現代叢書36（二〇一九年七月八日刊、書肆山住）は詩集の一般的な概念を越えるものである。「詩集本体」の部分と「詩の試み」の二部構成である。詩集の中に「詩の試み」というのも珍しいが、0から20のノンブルを振った「本体」の作品もタイトルはなく、普通の詩の範疇に収まらない。改行した詩の部分は普通の詩の感じだが、散文詩のようなものや評論やエッセイのようなものもある。この自由なスタイルで精神を開放しているのだ。好きなように言葉を紡ぐ愛敬浩一の〈書き下ろし詩集〉は、雑誌などに発表した作品が書きたまってきたから詩集にまとめたものではなく、また私などがこのような詩集を作ろうとして、今まで書きためていた詩を工夫し、構成したものでもない。ある一定期間、おそらく何ヵ月かかけて一気に書き下ろしたように私には思われる。どのように書き下ろしたかはわからないが、緊張はそう持続させることはできないから長くてもせいぜい一年くらいで書き上げたものであろう。

冒頭には愛敬浩一がこの詩集を書き下ろした心構えを示すように先人の言葉が置かれている。

〈次々に積み重なってきた過誤や謬見の数々をきっぱりと払い捨てること。自分の駆使しうる手段を知ること。〉／（ロベール・ブレッソン『シネマトグラフ覚書』）／／われわれのような人間で基本的に厄介な点は、みんな何か失うものを持っていると思いこんでることだ、と私は自分にいいきかせた。／（ジョージ・オーウェル『空気を求めて』）／／ぼくの舌に気がかりの亀裂が走る、／語ることでこの気がかりを封じ込めなければ。／自分の心のなか、心にあるものだけを探求するのだ！／（ピエル・パオロ・パゾリーニ「現実」）　これらの言葉がどのようにこの詩集と関わるのか考えてみることも興味深いが、ここは愛敬浩一の創作意識の基調になっていることを心にとどめておく程度で充分であろう。

〈13／相沢忠洋は『「岩宿」の発見』で書く。／「二十一年の秋ごろから二十二年にかけて、桐生一帯では電力不足と称して夕方になると停電つづきとなった。このことは、あわただしい一日が終わり、かゆのような米飯とサツマ芋が並ぶ夕食のささやかな庶民の団らんをまどわした。／また市内の学校や住宅にガラス泥棒がひんぴんと押し入り、ときには何十枚というガラスが一夜のうちに盗まれてしまうということも報道された。／戦災にあわなかった町だけに、すべての善悪が集中していた。そうして〝関東の上海〟などという呼称さえ生まれてきていた。」〉この引用した箇所についての解釈が改行した詩の形で続いていく。改行という詩のスタイルであるが、内容は論文のような記述である。

〈〝関東の上海〟とは！／へえ、上海か。／パリでもあるかもしれないな。／まるで、ベンヤミンのパリでの歩行のようではないか。／雑踏ではないけれど、／群衆もいないけれど、／ベンヤミンの、／「のらくらした歩行自体が、根気と集中力を必要とした思考の訓練であった」（池内紀『ぼくのドイツ文学講義』岩波新書・一九九六年一月）わけだった。／相沢忠洋の「根気と集中力」が、／人からは「のらくらした歩行」のように見えている。〉

ここまでが相沢忠洋の『「岩宿」の発見』の言葉を媒介にして愛敬浩一が相沢忠洋の心と切り結び、その世界を通過することによって自分の詩の世界に入っていくのである。こうした自由なスタイルで詩を構築する手法は、小説でもない、エッセイでもない、現代の詩以外の何物でもないのである。私などは昔ながらの詩の観念にしがみつき、自分のポエジーを追求するばかりで、愛敬浩一のようには書けないし、また書こうとはしないのであるが、愛敬の試みを高く評価しておきたいのである。

それに続く部分で、詩は急に広々とした世界にたどり着き、眼前に開ける。〈おや、相沢忠洋さんが自転車を押して、歩く道の前を、／国定忠治が歩いているではないか。／赤城のすそ野を歩いている後ろ姿は、／どう見ても、忠治に見える。／いやいや、／忠治の墓があるから、／あれは忠治の幽霊か。／それとも、墓を見に来た萩原朔太郎か。／なんとまあ、小説の中だけど、木枯し紋次郎まで歩いているじゃないか。／速足で、／声をかけようもない。／なんとまあ、／よく見りゃ、／多くの無名の人びとが、ごった返し、／雑踏もあり、／なんとまあ、群衆だよ。〉ここで〈相沢忠洋さんが自転車を押して〉先導していく世界に愛敬浩一は〈なんとまあ、〉を繰り返しながら、自分の好む独自の人物、国定忠治、萩原朔太郎、木枯し紋次郎といった上州ゆかりの人物を登場させてくる。

〈詩人の永井孝史さんなら、ここで、／皆サン！／皆サンのなかには、／もしかして、と言い出し、／こらさ、とか合いの手を入れたいところだろう。／ぽんぽこ／ぽんぽこ。／遠く、渡良瀬の方に目をやれば、／田中正造まで歩いているじゃないか。／多くの、／名も無き人々が、ぞろぞろと歩いているよ。／ぽんぽこ／ぽんぽこ。／おやおや、高野長英が一人、榛名の方へ逃げる姿も見えるじゃないか。／遠く、吾妻の弟子をたよって、／走っている。／福田宗禎五代の浩斎や高橋景作、／柳田禎蔵（鼎蔵）などの吾妻の蘭学者たちが手を振っている。／ぽんぽこ／ぽんぽこ。／おやまあ、／私の先祖が、中之条から沼田辺りへ「愛敬膏」を売り歩くのまでが見える。／はまぐりの中の、／ピンク色の、／傷薬「愛敬膏」。／ぽんぽこ／ぽんぽこ。／大手拓次が上京したのはいつだったか。／それにしても、時の流れは、めちゃくちゃだ。／ちょうど、今、安吾が桐生に引っ越して来たところではないか。〉

さらに愛敬浩一の奔放な手法は身近な詩人、永井孝史まで登場させる。この部分で愛敬浩一は永井孝史の手法をどん欲に取り入れている。これは愛敬浩一が詩のイメージを展開していた時、思わず永井孝史の詩のことを思い出したからで、意識的に永井孝史の手法を取り入れたのではない。しかし、結果としては、永井孝史ならこのように述べるだろうとその技法を使ったのであった。〈なんとまあ、〉を繰り返すのも同じ用法である。

私の記憶では、愛敬浩一は、永井孝史と第一次「詩的現代」では在籍期間では重ならないが、その後の精鋭だと言われた「イエローブック」などの少人数の同人誌でいっしょにやっていたように思う。またつい先ごろまで永井孝史は第二次「詩的現代」で活躍していたのである。〈皆サン！／皆サンのなかには、／もしかして、と言い出し、こらさ、とか合いの手を入れ〉るというのは、永井孝史が詩の転換に使う技法で、それまでの詩の流れを、この呼びかけや合いの手によって、断ち切り、場面を転換させるのである。おそらくこのような技法を使うことによって、永井孝史は詩の中で自由に自分のイマジネーションを展開させることができるようになったのであろう。私などはこの手法に頼る永井孝史の詩をマンネリだと批判したものであるが、この技法によって詩の言葉に自由なエネルギーが確保されるなら、あながち否定的な評価で切り捨てるべきものではないと思うようになってきた。一種の型として、それを自由に駆使していけばいいのである。永井孝史は地理的な興味が強く、各地域に残る伝承や土俗的な風習に対する驚くべく博覧強記ぶりを詩の中で発揮している。〈ぽんぽこ／ぽんぽこ〉というのはタヌキの腹鼓であり、永井孝史はしばしば自身をタヌキになぞらえている。これも、詩の流れを変えるために永井孝史が使った技法である。

永井孝史に続いて、田中正造、高野長英、福田浩斎や高橋景作、柳田禎蔵などの吾妻の蘭学者たち、さらに〈私の先祖が、中之条から沼田辺りへ「愛敬膏」を売り歩くのまでが見える。〉と自分の先祖のことを述べる。大手拓次。坂口安吾などがさらに登場人物として出てくるのである。これは、国定忠治、萩原朔太郎、木枯し紋次郎に続く、人物たちである。これらの人びとは永井孝史以外は、歴史的人物であり、小説の中の主人公である。永井孝史について語るほどではないが、その属性を持った存在として詩の流れに、別の時間や空気を持ち込むのである。意識しているかどうかは、わからないが、人物名はあきらかに〈皆サン！／皆サンのなかには、／もしかして、と言い出し、こらさ、とか合いの手を入れ〉て、永井孝史が叫び出す場面転換と同じ役割を果たしている。自分と交流のあった現在の詩人、永井孝史と大手拓次、坂口安吾、萩原朔太郎のイメージは愛敬浩一の中では同じ空間に生きる存在として意識されているということなのである。〈大手拓次が上京したのはいつだったか。／それにしても時の流れは、めちゃくちゃだ。／ちょうど、今、安吾が桐生に引っ越して来たところではないか。〉と愛敬浩一は、自らの詩の展開に冷水をかけるように記しているが、それは愛敬の脳内の真実であり、詩人として生きている愛敬浩一の現実なのである。

この詩集について私は13から始めたのであるが、〈13／相沢忠洋は『「岩宿」の発見』で書く。〉と全く同じフレーズで始まるのは、4である。6は4行書いてから、〈昭和四十三年十二月に、相沢忠洋は『「岩宿」の発見』の「あとがき」を書く〉とある。10は6行の改行詩があって書いてから、〈相沢忠洋は『「岩宿」の発見』で書く。〉この詩の構造は最初の詩0から始まっている。〈相沢忠洋は『「岩宿」の発見』で書く。〉といういわば、〈昔々、あるところに〉とか、〈今は昔〉という昔話や説話文学の決まりきった書き出しになる前の事情をよく説明している。〈0／ちょっとした必要があって、相沢忠洋『「岩宿」の発見』（講談社文庫・二〇〇〇年六月三十二刷〉を読み返した。（最初に読んだ、単行本は既に手元にない。いや、何処かに紛れ込んでいるのか。）内容は、自分でもびっくりするくらい、ほとんど何も憶えていなかった。／――の「編集後記」を書き始め、とりあえず書き終わったのと、季刊の詩誌『詩的現代』第27号（二〇一八年十一月）に、突然、《発熱装置》にスイッチが入ってしまった。〉

この前書きはエッセイのような文章であり、それに引き続き改行の詩を書くのも愛敬浩一のスタイルである。こうした既成の詩の概念を打ち破った所に愛敬浩一の独創性がある。〈相沢忠洋は『「岩宿」の発見』で書く。〉という決まり文句を中心にして愛敬浩一の詩の書き始めを見てきたのだが、このエッセイ風の文章を枕にして詩を展開するというスタイルは、この詩集の随所に散見できる。愛敬浩一は次々と場面転換を続けるというスタイルを生みだしたのであった。

〈松田聖子なら、ビビッと来たとでも言うのか。／ビビッと来ました、何だか分からないけれど。／ビビッ。／もしくは、パチン。／パチン！／パチンとした音が、私の頭のどこかから聞こえた。／架空の彼方で、／ビビッ！／まるでイナビカリが光ったように感じ。／石田ゆり子がそれを見て、／「ま、綺麗」と、自宅でワイングラスを傾けた感じだな。／パチン。／わくわくする。／わくわく。／わくわく。／始まりだ。／始まりだ。／始まりだ。／／くりかえしは、詩の技法だよ。〉

松田聖子とか、石田ゆり子といった芸能人を詩の中に持ち出して、詩を卑俗な世界に結び付けたのも、愛敬浩一の手柄だと私は思っている。現代詩はけっしてわからないものではない、もっと面白くて豊かなものだと愛敬浩一は主張しているように思われる、こうした俗な事物を何でも詩の中にいれる技法は愛敬浩一のよくするところであるが、〈突然、《発熱装置》にスイッチが入ってしまった。〉からつい詩を始めてしまったのである。

その時、〈発熱装置〉という言葉の関連から次のような連想が湧くのである。

〈そうだ、村嶋正浩さんに『発熱装置』（ワニ・プロダクション・一九八九年六月）という詩集があった。村嶋さん（当時は、「村島」と表記）は言う。《発熱装置》とは、要するに〈言葉〉だとし、「世界は言葉がすべてであり、言葉とともにある」と規定する。詩集の帯文には「言葉が語られているだけであって、何らかの意味ある世界や、世界の意味を語っているわけではない」（作者の言葉）と高らかに宣言されてもいる。／／まあ、村嶋さんは、自分は《詩》を書いているだけだと言い切っているだけなのだろう。いやいや、《言葉》の表面だけを消費してみせるぞと、ということであろうか。〉そこで村嶋正浩を思い出すのは、「13」の詩で永井孝史を思い出したのと同じような愛敬浩一の技法なのである。ここで愛敬浩一は村嶋正浩の〈発熱装置〉での主張を〈いやいや、《言葉》の表面だけを消費してみせるぞと、ということであろうか。〉

と結論づける。この〈消費〉という言葉を〈消費だ。／消費だ。／消費だよ。／／〉とまさに〈くりかえしは、詩の技法だよ。〉と自ら述べる通り、辿り着いた〈消費〉を繰り返して、《言葉》の表面だけを消費してみせる〉ということを実践するのである。

〈パタパタと、／風もないのに、／言葉がパタパタと揺れ出し、／エンジンのような音を立てて、／あの、昔のヒコーキである複葉機のようになって、／あの、ライト兄弟が開発したライトフライヤー号みたいにゆらゆらと、／ふわり、／架空の彼方へ、／私を連れ出そうとしている。〉私にはこの改行した詩のような部分で愛敬浩一はオートマチズムのような方法で言葉を消費しているように見える。この書き下ろし詩集の中で愛敬浩一は類まれな自由な詩というものにたどり着いている。もちろん、今までの詩集、例えば『それは阿Qだと石毛拓郎が言う』などの試みの蓄積によって、こんどの書き下ろし詩集に結実したのである。その自由な精神の在り方を示すものとして対話形式による批評も取り入れている。

〈16／客　それはそうと、『詩的現代』27号の「事務局から」で、樋口武二さんが君の詩集を援護して、吠えてるじゃないか。／主　いや、まあ、あれはあれでいいよ。話を蒸し返すつもりもないし、深入りするつもりもない。／客　そうだな、自分のことだと、なかなかハッキリ言えないものかもな。／主　そうなんだ。樋口さんに言ってもらって、ありがたかった。別に、「悪評」はいいんだよ。「誤読」だって、いいんだ。「誤読」には、文句は言わない。批判されても構わない。ただただ。自分の言葉で語ってくれりゃ、何も言う必要はない。ところが、あの、『それは阿Qだと石毛拓郎が言う』の書評らしき文章は、他人の評言やネット上の情報、さらに、あろうことか、私の家まで電話をかけてきて、そこでの雑談を平然と書き込んでいる。軽いんだよ。全体が雑談になっている。自分の考えがなんにもないから、読んでいてイライラする。もともと、知りもしない人だけれど、うんざりした。岡田刀水士の詩「冷雨」の場合と同じで、自分の「頭」で読まないでいると、とんだ「伝言ゲーム」になり兼ねない。自分の言葉でなら、「誤読」でもいいんだよ。「批判」されてもいい。ただ、自分の言葉で喋ってくれ、と思うだけさ。あれは、血の通わない言葉だよ。／客 そうだな。／主 まあ、相沢忠洋さんの受けた毀誉褒貶に比べりゃ、クズみたいなものだけどね。言えば、言った分だけ、こっちが惨めになるような気がするよ。／客 まあな〉

対話形式で反対意見も考慮に入れながら、詩や文芸を語る評論の一形態として書かれるものもあるが、これを詩として詩集の中に収めたのは愛敬浩一が初めてではないだろうか。既にみてきたように、エッセイのようなもの、論文のようなもの、そして、この対話形式のもの、これらは今までの詩の概念を壊すものである。詩とは何でもありで、本人が詩であると言えば詩なのであるという最低限の定義の意味を、もう一度確認すべきなのである。詩が商品にならないというある意味、詩人たちにとって追い詰められた状況は、逆にアナーキーで本質的な詩の価値を高からしめることである。詩人は愛敬浩一のように自由でなければならない。新しい文学を想像する基盤として詩は蘇らなければならない。愛敬浩一の書き下ろし詩集『赤城のすそ野で、相沢忠洋はそれを発見する』は新たな可能性を追求する試みとして私は記憶して置きたいのである。

（「詩遊」65号　二〇二〇年一月）

「贋・詩的自叙伝」の志

——評論集『贋・詩的自叙伝』跋文

村嶋正浩

ユーラシア大陸東端の沿岸沖、東アジアに位置する日本列島は、台風の通り道にあり、地震の多発地帯でもあり、豊かな自然に恵まれている。主として日本語が流通していて、住民は誰でもそれぞれの土地に応じた言葉を使って日々の暮らしをしている。俳句を支えている豊かな季語、抒情詩の世界がある。

詩、俳句、短歌、更に小説であれ、その言葉により成立している文学は、基本的に誰にでも作ることが出来る。俳句には有季定型の表現上の規則があり、短歌も定型で表現されるけれど、詩にはそのような規則がない。季語は表現される世界を限定する。定型は言葉のあり様を一定のかたちに固定する。

けれど詩は表現上の規則はないので、あらゆる世界の表現に向けて開かれ、あらゆるかたちでの表現行為が可能である。従って、俳句とは何かとの問いは可能だが、詩とは何かという設問は成立しない。成立するとすれば、自分の言葉の在り方を語るしかない。十人に問いかければ、十人の答えが当然発生する、そのような問いかけである。

繰り返しになるが、詩は誰にでも書ける。読み書きできるすべての人々に開かれた表現行為である。けれど一生詩を書かないで過ごす人もいるが、数少ない人が詩を書く。書く、書かない人の差は、書かれたものを詩として作者が認定したかどうかにすぎない。詩とはそういうものだ。

詩は誰にでも書けるので、特別な才能を必要としない。敢えて言えば、才能を必要としない唯一の表現行為と言える。言葉を日々の暮らしの中で使えば、それだけで詩人の十分な素養があり、表現されたものは全て詩なのだ。だが、著名な詩人の名を挙げて才能の必要性を主張する人たちが必ずいる。しかしこの視点には作品の優劣の判断基準として用いているように見える。この場合の世間で言われている意味は、詩人の生かされている言葉の差異であって、それをもって優劣として比べることは出来ない。日本語は日本語なのだ。

つまり萩原朔太郎と野津明彦の詩のどちらの才能が優れているかの問いは、意味がない。それぞれの詩人が生かされている日本語の差異としての特色があるだけだ。

『贋・詩的自叙伝』に語られているのは、詩人にではなく、言葉についてである。詩人野津明彦と出会ったのではなく、彼が生かされた言葉の在り方に出会ったのだ。これは重要なことだ。読者は詩人の出自を起点にして家族関係、の後の人間関係や暮らし向きへと興味を向けていく。それは分からないでもない、人は自分の生きてきた人生と比較したがる生きものだからだ。

愛敬浩一が詩人であることに疑いを抱いたのは、野津明彦との出会いによってであると述べている。そこに何を見て何を感じたのだろうか。日々の言葉の海の中で、初めて彼は自分に相応しい日本語に出会ったのだ。だからこそ自分が詩人であることに疑いを抱いたと言える。言葉は詩人であることを唯一保証し生かす生きものである。

野津明彦の詩「ありうべき伝記のために・断片」に現された風景や物語にではなく、それを成立させている日本語のたたずまいに出会い、惹かれたのである。

詩の言葉の意味するものを読み解き、野津明彦の生き抜いてきたであろう短い年月、詩人としての暮らしの日々に光りを与えた。それは紛れもなく惚れるということだ。けれど愛敬浩一の場合はあくまでも詩人の暮らしぶりや生き様に向かうのではなく、作品を描いている日本語の在り方に興味が押しとどめられている。

両方の間に自由に行き来しながらも、作品論敢えて言えば日本語論の立場に立ち続ける。それは全うにも正しい選択なのだ。詩人としては当然の選択である。

詩は全ての世界に開かれた表現行為であり、誰にでも特別な才能をなくても書けることが最大の特質である。

それ故に、詩の唯一の困難は、俳句のように表現上の規則から解放されて、自由な場に身を晒すことにあるのだ。

言葉の表現は何らかの秩序を必要とする。詩人はしたがって自分の言葉の在り方を探りつつ表現をしなければならない宿命を負っている。誰にでも詩は書くことが出来るが故に、自分の言葉の在り方には無自覚に過ごしてやりすごすことも出来る。俳句は規則があるので、絶えず日本語の在り方に自覚せざるを得ない。

詩人が詩人であることの唯一の証があるとすれば、更に言えば自分が他者との違いの証があるとすれば、言葉に託されたメッセージの内容にあるのではなく、自分の存在を生かして紡ぎ出した言葉の立ち振る舞いにこそあるのであって、それ以外にない。勿論日々日本語を使って言葉を読み書きしているからには、無意識であれ、自分の言葉の在り方を身に着けている。詩人の誕生である。

それにも関わらず、詩人ではないことに気付いた愛敬浩一は、その問題と向き合うために、多くの詩人論を書き続けてきたのだ、と私には見える。それは何よりも彼が詩を書くための、つまり日本語に向き合う為の覚悟の行為に見える。愛敬浩一が自覚的に詩人であろうとしたのは、野津明彦の詩の言葉との出会いによってである。

因みに私の場合を言えば、谷川雁の作品「商人」（詩集『大地の商人』）である。更に言えば、俳人攝津幸彦との出会いにより、日本語の在り方に触れたことだ。

南浦和のダリアを仮りのあはれとす（句集『鳥子』）
階段を濡らして昼が来てゐたり（句集『鳥子』）
南国に死して御恩のみなみかぜ（句集『鳥子』）
露地裏を夜汽車と思ふ金魚かな（句集『陸々集』）

ここに何が語られているのかは、読む者の想像力にすべてが委ねられている。ここに表示された言葉以上でも以下でもなく、俳句の規則の有季定型で示されてはいるものの、その規則の意味からも逸脱している。究極の日本語が示され、詩の言葉の立ち位置からすれば対極の存在である。俳人の中には、ここに「詩」があると言う者もいる。

同じ頃に愛敬浩一の詩集『長征』が世に出ている。「長征」の言葉のもつ歴史的時間と空間を軽々と飛び越えた画期的な作品だった。「散歩するように長征するのだ」とくっきり帯に書かれている。この高らかな宣言を、多くの詩人たちはその意味するものを理解できなかった。

攝津幸彦の句は新しい言葉の時代を切り開いたものとして、俳人の間で評価され共通の財産となった。けれど『長征』は一部の詩人の間だけの評価に留まり、命を終えた。野津明彦によって愛敬浩一は自覚的に詩人になり、『長征』は生まれたことは確かだ。

改めてもう一度言うが、詩は俳句や短歌とは異なって表現上の掟がなく、更に才能を必要としない唯一の誇るべき文学である。誰にでも書くことが出来る、ここに無限の可能性があることに、多くの人は気付いていない。少なくとも『長征』はそれに気付き書かれた作品である。


（評論集『贋・詩的自叙伝』二〇一七年九月、跋文）

愛敬浩一詩集　　現代詩人文庫第17回配本

2020年４月12日　初版発行

著者　愛敬浩一
発行者　田村雅之
発行所　砂子屋書房
〒101-0047　東京都千代田区内神田3-4-7
電話　03－3256－4708
Fax　03－3256－4707
振替　00130－2－97631
http://www.sunagoya.com

装幀・倉本　修　　落丁本・乱丁本はお取替いたします

現代詩人文庫

（　）は解説文の筆者

①高階杞一詩集（藤富保男・山田兼士）
『さよなら』（全篇）『キリンの洗濯』（抄）他

②滝本明詩集（小川和佑・清水昶）
『たきもとめいの伝説』（全篇）

③岡田哲也詩集（佐々木幹郎・立松和平）
『白南風』（抄）『未完詩篇』他

④藤吉秀彦詩集（北川透・角谷道仁）
『にっぽん子守歌』（抄）『やさぐれ』（抄）

⑤伊藤聚詩集（三木卓・ねじめ正一）
『羽根の上を歩く』（全篇）

⑥永島卓詩集（北川透・新井豊美）
『暴徒甘受』（全篇）

⑦原子朗詩集（野中涼）
『石の賦』（全篇）他

⑧千早耿一郎詩集（金子兜太・暮尾淳）
『長江』『風の墓標』他

⑨原田道子詩集（木島始・森常治）
『うふじゅふ　ゆらぎのbeing』（全篇）他

⑩坂上清詩集（暮尾淳・渋谷直人）
『木精の道』『丘陵の道』（全篇）他

⑪八重洋一郎詩集（山田兼士・大城立裕）
『夕方村』『トポロジィー』（全篇）他

⑫田村雅之詩集（郷原宏・吉増剛造）
『鬼の耳』（全篇）『デジャビュ』（抄）他

⑬嶋博美詩集（中村不二夫・萩原朋子）
『芋焼酎を売る母』『父の国 母の国』（全篇）他

⑭神尾和寿詩集（高階杞一・鈴木東海子）
『水銀109』『七福神通り―歴史上の人物―』（全篇）他

⑮菊田守詩集（新川和江・伊藤桂一）
『一本のつゆくさ』『天の虫』『カフカの食事』（抄）他

⑯清水茂詩集（権宅明）
『光と風のうた』『影の夢』『冬の霧』（抄）他